마음을
삽니다

마음을
삽니다
장양숙 지음
PAZIT

언젠가는 가리라고 다짐했던 길을 가 보기로 했다.

무작정 떠난다고 되는 것은 아니다. 그리스 신화의 시지프스처럼 끊임없이 굴러떨어지는 돌의 무게를 감당해야 하는 길일지도 모른다. 그러나 한 번뿐인 생애, 갈망하던 꿈을 한 번도 펼쳐 보지 못하고 마감하고 싶지 않았다. 삶의 무게를 견딘 내공이 있어 겁날 것도 없었다. 막상 결심하고 나니, 가본 적 없는 길에 대한 기대로 마음이 부풀었다. 설레기까지 했다.

하고 싶던 일을 시작한다는 것은 환희였다. 마음속 생각을 정리하고 글을 써 내려가며 행복이 이런 것이구나 하는 것도 알게 되었다. 자아실현에서 오는 행복감은, 아이를 키우며 느꼈던 행복감과는 또 다른 느낌이었다.

누구에게나 삶의 무게는 무겁지만, 어려서부터 겪어 온 일들이 유난히 많은 난 때때로 아침이 오는 것이 두려웠다. 잠자리에 들며 '이대로 아침이 오지 않았으면' 할 때도 많았다. 그러나 나에게는 해야 할 일이 있기 때문에 팔자타령을 하며 주저앉아 있을 수만은 없었다. 가족들을 지켜야 한다는 절박함, 그 마음 하나로 달리고 또 달렸다.

갱년기 즈음에는 공황장애로 인해 사는 것 자체가 두려워 견디기 힘들 때도 있었다. 갑자기 가슴이 답답해지며 두려움이 엄습해 오면, 누워 있다가도 벌떡 일어나는 일이 비일비재했다. 그래도 가족에게 공황장애 때문에 힘들다는 말을 할 수가 없었다. 오로지 나만 바라보는 가족들에게 내 상태를 이야기하면 놀라며 두려워할 것이 뻔하기 때문이었다. 그래서 차마 말하지 못하고 혼자서 이겨내 보기로 했다. 고통을 즐겨 보자고 생각한 것도 이때부터였다.

혹자는 '고통을 즐길 만큼의 여유가 있었겠지' 하고 쉽게 생각할 수도 있을 것이다. 그러나 내가 느낀 고통은 결코 즐길 수 있는 것이 아니었다. 견딜 수 없는 어려움이 오면, 그저 그대로 맞이하고 나를 고통에 맡겨 보는 연습을 했다. 그렇게 연습을 몇 번 하고 나니 오히려 담담해졌다. 그래서 어떤 어려움이 와도 '그럴 수 있지'라고 의연하게 생각할 수 있을 만큼 단단해졌다.

그 많은 어려움을 겪어 보지 않았다면, 과연 다시 일어나려는 의지를 불태울 수 있었을까? 세상은 공평하다. 다시 일어나기로 마음먹고 꿈을 디자인하기 시작했다. 그러자 다시금 삶에 대한 애정이 솟아오르기 시작했다.

감히 말하고 싶다. 삶의 무게에 짓눌려 자신을 잃어

버리는 것을 멈추라고. 그리고 자신의 아름다웠던 꿈을 꺼내 보라고. 그 꿈을 향해 다시 시작하는 환희를 맛보라고.

2022년 1월

장양숙

차례

제2장

## 남의집 대문으로 망설임 없이 직진



제3장

## 집에서는 가장, 밖에서는 팀장

제4장

## 길을 내며 걷기

제5장

## 나를 여기까지 이끈 것은

제1장

# 내 모습 그대로 인정하기

# 절단된 아픔

멀리서 웅성거리는 소리가 들렸다. 구체적으로 어떤 일이 일어났는지 짐작할 수는 없었지만, 심상치 않은 일이 일어난 것은 분명했다. 허겁지겁 달려 나가던 엄마의 부산한 소리를 마지막으로 그때의 일은 아득한 기억 속으로 사라졌다. 의식을 잃은 나는 대체 무슨 일이 벌어진 것인지 알 길이 없었다. 당시 너무 어렸던 난, 이후 의식이 잠깐씩 돌아왔을 때도 내가 어떤 상황에 처했는지 알지 못했다. 집 안의 분위기는 음산했고 공기는 냉랭했다. 가족들이 다정하게 서로를 부르던 따뜻한 공기는 느껴지지 않았다. 나의 상황에 대해 정신을 차렸을 때 내 발에는 차갑고 익숙하지 않은 무언가가 끼워져 있었다. 몸을 일으켜 한동안 그것을 가만히 바라보다가 손을 뻗어 만져 보았다. 피부색을 띠고 있었지만 어딘가 어색해 보였고 딱딱했다. 그것은 의족이었다.

다섯 살 즈음의 늦가을 동이 트기 전, 외삼촌이 휴가를 나왔다가 복귀할 때였던 것으로 기억한다. 나는 외삼촌을 배웅하러 나가는 엄마를 따라나서려 했다. 엄마는 집에 있으라며 손사래를 쳤지만 나는 굳이 따라가겠다고 떼를 썼다. 정류장에서 외삼촌은 나를 번쩍 들어 눈을 맞추고는 너른 품 깊숙이 안아 주었다. 그리고 안았던 팔을 풀어 나를 조심스럽게 내려다 놓고는 실에 꿴 군밤을 한 줄 사서 손에 쥐어 주었다. 볼에 뽀뽀를 하는 것도 잊지 않았다. 그때 집에 가 있으라는 엄마의 목소리가 다시 들렸다. 더 버텼다가는 매라도 맞게 될 것 같아 머리를 쓰다듬는 삼촌의 손을 뿌리치고 급히 뒤로 내달렸다. 기억은 거기까지다. 나는 육중한 군용 트럭에 치이고 말았다.

시간이 얼마나 흘렀을까. 어디선가 엄마의 울음소리가 희미하게 들려왔다. 그 소리는 차츰 가까워지더니 선명해졌다.

"우리 새끼 죽네, 우리 새끼 죽어."

이어 엄마가 다급하게 사람들을 부르는 소리가 들렸

다. 의식이 희미했다. 덩달아 다급해 하는 사람들의 목소리가 들렸고, 분주한 여러 사람의 발소리가 말소리와 섞여 들렸다. 너무 아파서였을까. 당시 나는 한쪽 다리가 절단된 아픔을 느끼지 못했다. 내가 살던 곳은 시골이었기 때문에 수술이 가능한 병원으로 가려면 차로 한 시간은 가야 했다. 덜컹거리며 시골길을 달려 병원에 도착할 때까지 몇 번은 더 정신을 잃었다.

수술이 끝나고 들것에 실려 가며 엄마가 흐느끼는 소리를 잠깐 들었다. 내가 어딘가로 옮겨지고 있다는 것 이상의 상황 판단은 할 수 없었다. 이후 전해 듣기로 아버지는 나의 교통사고 소식을 듣고 놀란 나머지 지게를 진 채 병원까지 뛰어오셨다고 했다. 얼마나 놀라셨으면 그랬을까. 차를 타고도 한참인 거리를, 지게를 지고 정신없이 뛰어오신 것이다.

나는 수술 후에도 4개월가량을 입원해 있었다. 엄마는 가난한 집안 살림을 챙기는 동시에 중풍으로 몸이 불편하신 할아버지와 자식 넷을 부양해야 했다. 나를 돌볼 수 있는 사정이 아니었기에 간병은 이모가 대신했다. 엄마는 되도록 그날 새벽에 일어났던 일을 입에 올리지 않으려 했다.

의족을 맞출 때까지 난 잘린 다리로 혼자 집에서 시

간을 보냈다. 그러다 심심하면 몸을 질질 끌고 나가 담 밑에서 쭈그리고 앉아 있었다. 돌아올 가족을 기다리는 것이었다. 다리를 잃은 후의 나는 늘 누군가를 기다리는 사람이었다. 시간이 지나면서 차츰 경험을 통해 깨달았다. 교통사고로 다리 한쪽만 잃은 게 아니라는 것을. 다리가 잘려나간 자리보다 더 아픈 것이 외로움이었고, 장애를 바라보는 사람들의 시선이었다.

절단된 다리의 상처가 아물고 나서야 의족을 맞출 수 있었다. 짧고 뭉뚝해진 다리에 맞춘 의족이 익숙해지기까지 한참의 시간이 걸렸다. 가끔 이웃 어른이 뭐하냐며 말을 걸어오면 볼멘소리로 집을 본다고 말했다. "엄마가 아무것도 하지 말고 집 보고 있으라고 했어요."

집을 지키면서도 나는 늘 혼자였다. 가족에게나 남에게 거치적거리지 않는 존재로 머무는 게 나를 위해서도, 또 남을 위해서도 좋다고 생각했다. 이웃이 가끔 말이라도 걸어 주면 반가우면서도, 자유롭게 움직일 수 없는 답답함 탓에 대답이 곱게 나오지 않았다.

아버지는 바쁜 해가 뉘엿뉘엿 질 무렵에야 석양을 등에 지고 돌아오셨다. 검게 그을린 얼굴을 하고선 나를 보고 활짝 웃어 주었다. 웃음 위로 이마 깊숙한 곳에 굵고 깊은 주름이 그림자를 만들어 냈다. 나는 일을 마치고 돌아온 아버지와 소꿉놀이를 하고는 했다. 나보다 한 살 많은 옆집 언니가 가끔 집에 놀러 왔는데, 아버지는 집으로 돌아가는 언니에게 내일도 와서 놀아 달라며 당부하셨다.

어느 날은 몸살이 나서 끙끙 앓고 있는 나를 아버지가 꼭 안아 주셨다. 내게 먹일 우유를 사오라고 하시며, 몇 시간이고 나를 안은 채 자신의 체온으로 몸을 데워 주었다. 당시 우유는 돈 있는 집안의 아이들이나 먹는 간식이었다. 집에서는 무뚝뚝한 가장이었지만 나에게만큼은 따뜻하고 다정한 아버지였다.

수개월이 지나고 상처가 많이 아물었을 무렵, 아버지와 대전으로 의족을 맞추러 갔다. 작은 구멍가게 같은 곳에서 아저씨 한 분이 뭉툭한 다리를 이리 재고 저리 쟀다. 석회로 본을 뜨고 가게를 나섰다. 처음 의족을 착용했을 때는 아파서 한 걸음도 걸을 수가 없었다. 살이 눌려 찢겨 나갈 것 같은 통증이 몰려와 기겁을 하며 벗어 버리곤 했다. 의족에 익숙해지려면 통증에 무뎌져야만 했다. 나는 걸음을 처음 배우는 아이처럼 계속 걸어 굳은살이 박이기까지 울면서 걸었다.

지금 생각하면 그렁그렁 눈물을 머금고 걷는 연습을 했던 어린 시절의 내가 불쌍해 마음이 저린다. 당시에는 장애가 무엇인지 알지 못했다. 어떻게 다리를 잃게 되었는지 기억도 나지 않았다. 어느 날 갑자기 한쪽 다리가 짧아졌고, 난 내게 주어진 삶을 살아야만 했다.

## 나의 외삼촌

언젠가 혼자서 담 아래 쭈그리고 앉아 있을 때였다. 외삼촌이 나를 찾아와 선물을 품에 안겨 주며 울먹거렸다.

"삼촌 없이도 잘 살 수 있지?"

외삼촌은 나를 한참 안고 있더니 등을 돌려 멀어져 갔다. 그러면서 몇 번이고 내 쪽을 돌아봤다. 나는 외삼촌이 '어디 먼 곳으로 떠나나 보다' 생각했다. 선물에 마음을 뺏겨 돌아선 삼촌을 제대로 보지도 못했다. 그게 외삼촌의 마지막이 될 것이라고는 전혀 예상치 못했다. 삼촌은 이튿날 새벽 스스로 목숨을 끊었다.

무엇 때문이었을까. 생각이 많은 아이로 자라면서 혹

시나 하는 생각에 죄책감을 느끼기도 했다. 이후 나는 눈물이 많은 아이가 되었다. 뭐랄까, 내 일생이 녹록하지 않을 것을 이때부터 짐작한 것일지도 모른다.

내 인생에서 아픈 다리가 어떤 의미인지 그때는 알지 못했다.

## 육체의 아픔 끝에서

절단된 다리 끝 상처가 아물지 않아 곪으면 살이 터졌다. 엄마가 피부 속에 누렇게 찬 고름을 짜낼 때마다 엉엉 울었다. 너무 아파서 도망을 친 것도 여러 번이었다. 화가 난 엄마가 하루는 낫을 들고 와서 고름을 짜내지 않을 거면 차라리 같이 죽자고 했다. 엄마 눈엔 눈물이 그렁그렁했다. 지금 생각해 보면 엄마의 심정은 오죽했을까. 엄마의 눈물 어린 협박에 나는 뭉뚝한 다리를 내주며 덩달아 울었다.

고름을 짜낼 때의 엄마는 사생결단할 태세였다. 고름을 완전히 짜내지 않아 살 속에 남으면 금세 다시 차오르기 때문에, 나의 숨넘어가는 비명에도 아랑곳하지 않았다. 어린 나도 느낄 수 있을 만큼 엄마의 손이 부르르 떨렸다.

그 마음이 얼마나 괴로웠을까. 두 눈 가득 맺힌 눈물

이 엄마의 볼을 타고 주룩 흘러내렸다. 아팠던 것이다. 너무너무 아팠던 것이다. 세월이 흘러 나도 딸을 낳고 보니 자식만큼 귀한 것이 없다. 돌아보면 그 아픔이 고스란히 되살아나 내 가슴을 후벼 판다.

엄마가 또 죽자고 할까 봐 무서워 죽을힘을 다해 이를 악물면서도, 우는 엄마가 불쌍했다. 고름을 다 짜낸 엄마는 돌아서서 혼자 울었다.

"엄마, 울지 마. 이제 다리 곪아도 도망가지 않을게."

고름은 썰물처럼 빠졌다가 밀물처럼 이내 차올랐다. 고통의 일상은 반복되었고 육체의 고통이 잦아들자 마음의 고통이 속에서 차오르기 시작했다. 어린아이가 장애를 장애로 인식하기 시작한 시점부터였다. 남들처럼 달릴 수 없다는 것을 알게 되었고, 세상은 그런 아이에게 때로는 애처로운, 때로는 불편한, 때로는 거추장스럽다는 시선을 보낸다는 것을 알기 시작했다.

육체의 아픔 끝에서, 난 거대한 세계를 맞닥뜨려야 했다.

## 내가 절뚝발이야?

살이 여려, 자주 상처가 났다. 찢기고 곪는 과정들이 반복되며 굳은살이 박혔다. 잠결에는 다리가 있다는 착각에 절단된 다리를 방바닥에 찧곤 했다. 잘린 다리가 방바닥에 부딪히는 순간의 찌릿함, 이윽고 찾아오는 강렬한 통증은 이루 말할 수 없는 것이었다. 그럴 때마다 엄마는 자다가 뛰쳐나와 내 다리 밑에 담요를 깔아 주었다. 엄마는 깊은 밤 드르릉거리며 코를 골며 자다가도, 내가 아파하는 소리에는 용케도 반응했다. 엄마는 자도 엄마의 귀는 잠들 수 없었던 것일까. 내가 신음이라도 할라치면 어느새 내 이마에는 엄마의 손이 올라가 있었다. 걱정스러운 눈빛으로 나를 내려다보던 엄마의 깊은 눈동자가 지금도 잊히지 않는다.

여덟 살이 되어 초등학교에 입학했다. 그때까지 난 장애가 무엇인지 몰랐으며 부끄러움도 없었다. 다른 사람들과 내가 다르다고 생각하지 않았다. 그러나 학교에 들어서면서부터 아이들의 시선과 놀림은 비수가 되어 나에게 날아들었다. 몸이 아플 때와는 다른 종류의 아픔이었다. 당혹스러웠고 낯이 붉어질 정도로 부끄러웠다.

하루는 수업을 마치고 운동장 미끄럼틀 앞에 앉아 있는데 아이들이 수군거리는 소리가 들렸다.

"저 애하고는 안 놀아."

소리가 나는 쪽으로 고개를 돌려 보니 아이들이 나를 바라보고 있었다. 이유를 묻는 한 아이의 물음에 다른 아이는 내가 절뚝발이라 그렇다고 했다. 나는 방금 들은 단어를 되뇌어 보았다. 절뚝발이. 그 한마디에 나는 처음으로 나 자신이 절뚝발이라는 것을 마음 깊숙이 받아들이게 되었다. 충격이었다. 내가 아이들과 다른 존재이며 그들과 함께 놀아서는 안 될 문제를 안고 있다는 것을, 나를 바라보는 아이들 앞에서 인정해야만 했다. 순간 아무 말도 할 수 없었다. 누군가 내 손이라도 잡아끌고 가주길 바랐다. 도망치듯 돌아서며 그만 넘어지고 말았다. 부옇게 이는 흙먼지 사이로 콱 파묻혀 사라지고만 싶었다. 눈물이 쏟아졌다.

## 나를 진정 아프게 한 것은

초등학교 입학 후 첫 운동회 날이 되었다. 김밥도 과자도 실컷 먹을 수 있다는 생각에 나는 아침부터 들떠 있었다. 용돈을 받아본 적 없는 내게 운동회는 그야말로 축세였다. 운동회의 꽃이라고 할 수 있는 달리기가 시작되었다. 내 차례가 되어 출발선에 섰다. 레인의 끝에는 오빠가 결승선에서 줄을 잡고 있었다. 출발선에서 너무 흥분한 나머지, 순간 내가 장애를 가지고 있다는 사실을 잊고 말았다. 가슴이 쿵쾅거리고 온 신경이 총소리에 집중되었다. "탕!"

나는 힘차게 지면을 밀치며 달렸다. 일제히 출발선을 떠난 아이들이 내 앞을 치고 나가더니 금세 눈에서 멀어졌다. 나는 온 힘을 다해 뛰고 있는데도, 걷는 속도 이상으로 달릴 수 없었다. 순간 '내가 왜 이러지?' 하는 생각이 들었다. 뛰면서 다리를 내려다보니 온전히 지면을 밀치지 못한 발이 흐느적거리고 있었다. 이때 선생님들이 뛰어와 달리던 나를 제지하며 뛰지 말라고 했다. 부끄럽고 화가 났다. 뛸 수 있다고 고집을 부렸다. 그들의 배려가 내게는 상처가 되었지만 그것은 중요하지 않았다. 나는 장애를 가지지 않은 이들의 입장에서 이해되어야 하고, 이들의 이해에 따라 행동해야 한다는 것을 깨닫게 되었다. 자리에 돌아온 후 다시는 뛰지 않겠다고 생각했다. 그날 엄마는 일을 하러 들에 가느라 운동회에 오지 못했다. 내가 달리는 모습을 보지 않아, 차라리 다행이라는 생각을 했다.

학교에서 사람들은 나를 마주칠 때마다 혀를 찼다. 인물 버렸다며 대놓고 불쌍하단 소리까지 했다. 어린아이지만 동정을 받는다는 게 얼마나 불쾌하고 서러웠는지 모른다. 제발 모른 척해 주기를, 그냥 지나쳐 주기를 간절히 바랐다. 나를 아프게 한 모든 사람들은 나의 이웃이었고 친구였다. 하지만 나를 진정 아프게 한 것은 그들의 동정 섞인 배려였다. 그들은 모를 것이다. 장애인이 되어 보지 않고서는 죽어도 모를 것이다.

## 위로에 울고, 놀림에 울고

어렸을 적에는 장애인으로 살아간다는 것이 무엇을 의미하는지 몰랐다. 친구들과 다름으로 인해 견뎌야 하는 아픔들도 전혀 알지 못했다. 단지 한 가지 분명한 사실은 친구들과 내가 다르다는 것이었다. 적어도 나를 속이는 일은 결단코 하지 않으리라고 다짐하며 살아왔는데, 온통 나를 속이는 삶의 노예로 살고 있었던 것이다.

초등학교 3학년 때의 일이다. 그때까지만 해도 나 자신을 절뚝발이라고 인지하며 살지 않았다. 약간 불편한 것 말고는 생활하는 데 큰 지장도 없었다. 다행히도 당시 담임 선생님은 푸근하고 이해심이 많아, 내가 동정을 받는다는 느낌을 갖지 않도록 신경 쓰며 불편한 것이 없는지 나를 보살펴 주었다. 이전까지는 절뚝발이라고 대놓고 놀리는 친구들이 없었는데, 덩치가 크고 수업 시간에 늘 조는 한 남자 아이가 나만 보면 절뚝발이라고 놀려대기 시작했다. 몇 번은 참았으나 놀리는 횟수가 늘어날수록 자괴감 같은 것이 나를 괴롭혔다. 학교에 다니며 지각 한번 한 적이 없었는데, 그날은 유독 학교에 가기가 싫었다. 시간 가는 줄 모르고 생각에 빠져 근처를 배회하다 지각을 했다.

교실 문을 열었을 때는 벌써 1교시 수업이 시작된 이후였다. 왠지 모를 부끄러움에 얼굴을 붉히며 교실로 들어섰다. 반 아이들의 눈길이 온통 내게 쏟아졌다. 쥐구멍에라도 들어가 숨고 싶은 기분이 들었다. 그때 담임 선생님이 나를 보며 아무렇지도 않게 "양숙이 왔구나. 오느라 수고했어. 아파서 늦은 거니? 아프면 약 먹고 쉬지 왜 왔어" 하는 것이었다. 그렇지 않아도 지각해서 혹시 선생님께 혼나면 어쩌나 걱정했는데, 선생님이 따뜻한 말로 위로하며 "괜찮아 지각할 수도 있는 거야" 하고 말씀하신 것이다. 그 따뜻한 위로를 듣는데 얼마나 가슴이 뜨거워지는지 왈칵 눈물이 쏟아졌다. 자리에 앉자 마자 울어 버렸다.

그렇게 혼나지 않고 하루가 무사히 넘어가는구나 싶었다. 쉬는 시간에 친구들과 복도로 나와서 노는데 갑자기 덩치 큰 그 남자아이가 내게로 오더니, "절뚝발이 주제에 지각까지 하고 울기는 왜 울어?" 하는 것이다. 나는 그 아이의 말에 당황해 자리로 들어가 앉으려는데 그 아이가 나를 쫓아왔다. 그러고는 다른 반 남자아이에게 절뚝발이라며 나를 놀려댔다. 눈물이 났다. 아까는 선생님의 따뜻한 위로에 울고, 이번에는 놀림을 받고 울었다.

수업 시작종이 치는 줄도 모르고 엎어져 울고 있는데, 담임 선생님이 들어오시다가 우는 나를 보고는 깜짝 놀라셨다. 선생님은 회초리로 남자아이의 손바닥을 내리쳤다. 나는 물론 반 친구들도 담임 선생님이 그토록 화를 내는 모습을 보지 못했다. 친구가 혼나는데 어찌해야 할지 몸 둘 바를 몰랐다. 선생님은 "양숙이는 여러분하고 다를 것이 하나도 없어요. 다리가 약간 불편하니 도움이 필요할 때는 서로 도와주도록 해요"라고 하셨다. 그 말을 하는 선생님의 두 눈이 빨갛게 붉어진 것을 보았을 때 감사했다.

그 뒤로 절뚝발이라고 놀림 받는 일은 없었다. 하지만 그 남자아이는 나만 보면 다른 트집을 잡아 욕을 했다. 장애인은 이유 없이 욕을 들어도 참아야 하는 힘없는 존재라는 걸 그때부터 차차 알아가기 시작했다.

직장을 찾아 면접을 볼 때의 일이다. 장애 등급을 쓰지 않고 이력서를 넣었다. 이력서에 장애인이라고 기재하면, 아예 면접 볼 기회조차 주지 않는 회사들이 있었다. 면접에 가서도 장애가 있다는 것을 밝히면 나를 뽑지 않을까 봐 아예 말하지 않는 경우가 있었다. 입사 후에 성과를 잘 내면 장애는 아무런 문제가 되지 않았다. 굳이 미리 말할 이유가 없다고 생각했다. 장애인이라는 것을 말하지 않고 취업한 적도 많았다. 장애를 밝히지 않고 이력서를 낼 때면 들킬까 봐 두려웠다. 그리고 나를 부끄러워하는 내가 부끄러웠다. 그렇지만 어느 날부터인가 나 자신이 먼저 떳떳해야겠다는 생각이 들기 시작했다.

누구에게나 장애가 있을 수 있다. 겉으로 드러나는 신체장애가 있을 수도, 자기만 알고 있는 마음의 장애가 있을 수도 있다. 나는 겉으로 드러나는 나의 장애를 부끄러워했다. 겉모습만 보고 장애인은 안된다는 짐작도, 나의 편견이고 자격지심임을 깨달았다. 장애인으로 편견 없는 세상을 만들기 위해 노력하기보다 나를 속이고 장애가 없는 것처럼 살아온 것이 죄라면 나는 죄인이다. 보이는 나를 그대로 인정하지 않았던 지난날이 부끄럽다.

스스로의 모습을 부끄러워하는 장애인들에게 이제는 말하고 싶다. 장애는 자랑도 아니지만 흉도 아니라고. 어렸을 적 담임 선생님이 말씀하신 것처럼, 우리는 틀린 것이 아니라 다른 것뿐이라고.

## 내 손을 덥석

나는 초등학교에 입학하고도 5년 동안을 아이들과 교류하지 않고 지냈다. 상처받고 싶지 않아 마음의 벽을 쌓고 살았다. 그들 역시 내게 큰 관심을 가지지 않았다. 가끔 놀림감이 필요할 때 빼고는 말이다. 나는 혼자 지내는 데 익숙했고, 그것이 편했다. 그러나 한 살, 한 살 나이를 먹으며 아이들과 섞여 얘기도 나누고, 그들의 일상에 편입되고 싶다는 생각을 하게 되었다.

학교에서 놀림 받고 상처가 된 기억들 때문일까. 난 유달리 아이들을 경계했다. 그러나 그들에게는 내가 대수롭지 않은 존재였고 특별히 나를 싫어할 이유도 없었다. 나 혼자 지레 겁을 먹은 것일 수도 있다. 지독한 외로움이 밀려올 때에도 혼자만의 세상에 갇혀 지냈다. 상처받는 것보다 외로워 죽는 것이 낫다고 생각했으니까. 그러다 아이들과 어울리고 싶다는 생각이 들기 시작하면서 조금씩 용기를 내어 보기 시작했다.

어느 날, 학교 수업이 끝나면 곧장 집으로 가던 나는 친한 친구 손에 이끌려 놀러 가는 무리에 엉겁결에 끼게 되었다. 다들 과자랑 음료수를 사가지고 가까운 동네 동산에 놀러 가던 길이라고 했다. 좋으면서도 내심 걱정을 했다. '저 아이들이 내 절뚝이는 모습을 보고 실망을 하면 어쩌지?'

걱정도 되었다. 그러나 그 누구도 내 걷는 모습에 대해서 말하는 아이가 없었다. 친구들은 절뚝이는 내 모습에 아랑곳하지 않고 같이 가자며 손을 이끌었다. 얼마나 속으로 떨리던 순간이었는지 모른다. 그렇게 소심했고 조심스러운 나의 손을, 아이들은 아무렇지 않게 덥석 잡아 주었다. 예상하지 못한 의외의 상황이었고 당황스러웠다. 하지만 눈물 나게 기뻤다. 장애인이라는 이유로 나를 특별히 배려하지 않고 동등하게 대해 준 아이들의 행동에 말할 수 없이 감동했다. 너무 행복한 나머지 정말 오랜만에 하얀 이를 드러내고 활짝 웃었다.

나는 다리가 불편할 뿐, 그들과 다르지 않다고 믿고 싶었다. 으레 다른 사람에게 하듯 나를 대해 주길 바라는 내 마음을 다른 사람들이 어떻게 알까. 송곳처럼 찔러대는 그들의 시선을 견뎌내야 하는 마음의 고통을 어떻게 이해할 수 있을까. 나는 이러한 아픔을 초등학생 시절 내내 견뎌내야 했다. 비로소 나를 그저 나로서 받아들여 주었을 때의 심정을 그 어떤 말로 표현할 수 있을까.

## 행복해지려고 웃기

마루에 걸터앉아 늘어진 오후의 햇볕을 쬐고 있을 때였다. 멍한 의식 속에서 불쑥 어린 시절 겪었던 사건들이 떠올랐다. 군용 트럭이 내 다리를 깔고 지나갔던 일에서부터 외삼촌이 자살하기 전날 나를 보러 왔던 것. 일련의 모든 일들이 파노라마처럼 머릿속을 지나갔다. 잊고 지냈던 삼촌의 자살은 그날 이후부터 나를 다시 괴롭히기 시작했다. 외삼촌의 죽음이 나 때문이라는 확신을 도저히 부정할 수 없었다. 내 잘못이 아니라는 죄의식에서 벗어날 도리가 없었다. 생각하고 싶지 않은 일들은 유독 선명하기만 했다. 괴로움은 고스란히 내 몫이었다.

사춘기 시절의 나는 내내 우울했다. 깊은 우울에서 벗어날 수 있게 해준 것은 한 친구가 건넨 말 한마디였다. 친구는 내가 늘 어두운 인상을 하고 있어서 말 걸기가 조심스러웠다고 했다. 친구가 거의 없었던 나로서는 내게도 다가오려는 아이가 있다는 사실이 기뻤던 한편, 사람들이 다가오기를 꺼릴 만큼 내가 어두웠다는 사실에 놀랐다. 이후 나는 거울을 들여다보며 의식적으로 웃는 연습을 했다. 어린 시절 난 행복해서 웃었던 것이 아니라, 조금이라도 더 행복해지고 싶어서 웃었다.

그때의 연습 때문일까. 현재의 난 참 잘 웃는다. 행복하면 자연히 얼굴에 웃음을 머금게 된다. 지금도 가끔 행복하게 웃고 있는 거울 속의 나를 보면 안쓰러운 옛 기억이 떠올라 마음이 어지러울 때가 있다.

## 자전거를 처음 배우던 날

나는 어렸을 때부터 결핍이 많아서인지, 무엇인가를 배우고 익히는 것을 유독 좋아했다. 다른 사람이 가지지 못한 것을 소유하고 싶은 마음이 배움에 대한 욕구를 강하게 만들지 않았나 싶기도 하다. 그 덕에 하고 싶은 것도 많다. 그리고 하고 싶은 것은 언젠가 반드시 도전하고야 마는 성미를 지녔다. 어른이 되고 나이 들어가면서도 이런 성격에는 변함이 없다. 열정이 많은 것인지, 아니면 욕구불만 때문인지, 정확한 것은 모르겠다. 어쨌든 무엇이든지 배우면 행복해진다. 처음 무엇인가를 배울 때의 마음으로만 살아간다면, 이 세상에 이겨내지 못할 난관은 없을 거라고 생각한다. 배우는 것이 무엇보다도 재미있고 행복하다.

중학교 2학년 때의 일이다. 친한 동네 친구가 자전거

를 타고 우리 집 앞을 쌩하고 지나갔다. 순식간에 벌어진 일이어서, 나는 친구가 사라진 자리를 멍하니 바라봤다. 너무나 부러운 일이 눈앞에 벌어진 것이다. 부러움을 넘어서 나도 무조건 자전거 타기를 배워야겠다고 생각했다. 동네를 누비고 다니는 그 친구를 불러 세워, 나도 자전거를 배우고 싶은데 배울 수 있을지 물었다.

그 친구는 일말의 고민도 없이 답했다. "당연하지, 너도 할 수 있어. 내가 도와줄게!" 우리는 그길로 학교 운동장으로 갔다. 친구는 페달에 발을 올리는 것부터, 어떻게 힘을 주어야 앞으로 나갈 수 있는지 자세하게 알려줬다. 그리고 내 발을 잡고는 힘을 주며 페달을 돌려주기까지 했다. 자전거 타기는 쉽지 않았다. 자꾸만 넘어졌다. 그래도 나는 넘어지면 다시 일어나고, 넘어지면 다시 일어났다. 친구는 자꾸 넘어지는 나에게 괜찮냐며 걱정했지만, 나는 당연히 괜찮다고 했다. 계속 배우겠다고 했다. 친구는 알았다 하며 꼭 탈 수 있도록 도와주겠다고 했다. 한참을 알려주던 친구는 뒤에서 잡고 밀어줄 테니 혼자 페달을 밟아 보라고 했다. 무서웠지만 한번 해 보겠다 했다. 친구는 손을 놓지 않겠다며, 자전거를 밀어주고 같이 달렸다. 몇 시간을 배웠는지 모른다. 자전거가 내 몸에 익숙해질 때까지 친구는 힘든 기색 없이 뒤를 잡아 주었다. 어느 순간인가 느낌이 이상해서 돌아보니, 친구가 밀어주던 손을 놓고 저만치 서 있었다. 깜짝 놀라 뒤를 보다가 꽈당 넘어졌다. 그렇게 여러 번 넘어지기를 반복하다, 자전거를 탈 수 있게 되었다.

처음 친구에게 자전거를 배우고 싶다고 말했을 때, 위험하다며 말리던 부모님께 내가 자전거 타는 모습을 보여드리고 싶었다. 친구에게 잠깐 기다리라 한 뒤, 친구 자전거를 타고 집으로 돌아왔다. 그리고 부모님께 자전거 타는 모습을 보여 주었다. 아까 친구가 하던 것처럼 동네를 몇 번이고 돌았다. 밖으로 나와 자전거를 타는 내 모습을 본 부모님은 눈물을 흘리며 많이 좋아하셨다. 내 기분도 날아갈 것 같았다. 나도 무엇인가를 할 수 있다는 게 얼마나 행복한 것인지 처음 알았다. 부모님이 나로 인해 웃을 수 있다는 것도, 부모님을 기쁘게 하는 일이 얼마나 뿌듯한지도 알게 되었다. 당시 자전거를 사 줄 형편은 되지 않았음에도 불구하고, 아버지는 기꺼이 내게 자전거를 사 주셨다. 나는 그 자전거를 엉덩이가 아프고 몸살이 날 정도로 많이 탔다.

교통사고로 얻은 것이 많았다. 누가 뭐라 해도 위축되어 포기하는 일이 없다. 넘어져도 주저앉아 버리고 싶은 마음 또한 없다. 처음 자전거를 배울 때 친구가 당연히 너도 할 수 있다며 손을 내밀어 주었던 것처럼, 자전거 페달을 밟고 서서히 앞으로 나아간 것처럼, 나는 받은 손길을 다시 내밀어 주며 삶이 끝나는 순간까지 달려갈 것이다.

## 스무 살이 되면 죽겠다고

빨리 지나갔으면 하는 순간들이 있다. 악의가 섞여 있지 않음에도 섬뜩해지며 신경이 곤두서는 말들이 있다. 학창 시절 아이들이 하는 '병신'이라는 말이 나에게는 그런 말이었다. 말끝마다 병신이란 욕을 해대는 아이들의 대화 속에서 난 최대한 멀어져 있었다. 나를 지칭하는 게 아님에도 불구하고, 못난 자격지심에 나는 스스로를 아이들로부터 격리시키곤 했다. 아무렇지 않은 듯 멀찌감치 앉아 있어도 마음은 바늘방석 위에 있는 것 같았다. "병신으로 사느니 차라리 죽는 게 낫다"는 한 아이의 말에, 다른 아이들은 우습다며 까르르거리며 소란스럽게 웃어댔다.

병신으로 사느니 죽는 게 낫다고? 그 말을 들은 그때 난 생각했다. 스무 살이 되면 죽겠다고. 당장은 죽을 용기도 없고 부모에 대한 도리가 아닌 것 같아서, 성인이 되면 그때 죽자고 생각을 한 것이다. 지금 생각해 보면 어린 나이에 어떻게 그런 생각까지 했을까. 그만큼 내 안의 상처가 깊었던 모양이다.

죽음이 무엇인지 정확히는 몰랐지만 그냥 죽어 없어지고 싶었다. 그래, 내가 죽어 줄게. 너희들이 그렇게도 혐오하는 내가 죽어 없어져야지 하는 다짐을 읊조리며 피가 날 정도로 입술을 깨물었다. 나는 다시 엎어졌고, 눈물이 났다. 겨우 가까워졌던 친구들을 나는 그렇게 다시 밀어내고야 말았다.

## 어처구니없는 누명

가족의 이사로 고등학교부터는 서울에서 다니게 되었다. 교복을 차려입고 학교를 가는 것만으로도 새로운 세계에 발을 내딛는 것 같아 기대에 부풀었다. 열심히 공부해야 할 것 같은 분위기의 학교에서 이번에는 친구들과도 잘 지내보고 싶은 욕심이 있었다. 중학교까지와는 달리 조금은 들뜬 기분으로 학교 입학식에 다녀왔다.

그동안 나도 많이 강해져 있었다. 똑 부러지는 인상의 서울 선생님들은 왠지 사람 냄새가 덜 날 것 같았고, 서울 아이들은 나를 보고 촌뜨기라 놀릴 것 같아 걱정했다. 하지만 다행히 모두들 그리 삭막하게 굴지는 않았다.

그리고 같은 반에서 얼굴도 예쁘장하며 성격도 착한 아이가 바로 내 뒤에 앉게 되었다. 친구와 언니, 오빠만 서울에 와 있고 부모님은 지방에 계신다고 했는데 나와 고향이 같은 친구였다. 그래서인지 우리는 금세 친해질 수 있었다. 고등학교 생활은 생각 외로 순탄할 거라는 생각이 들었다.

그렇게 1학기도 중간쯤 지났을 때 사건이 벌어졌다. 학교 체육대회가 있던 날이었다. 내가 다니던 학교와 남자 고등학교, 중학교는 물론이고 초등학교와 유치원에 이르기까지 학교재단의 모든 학생들이 참여하는 체육대회였다. 나는 몸이 불편하다는 이유로 교실을 지켰다.

그런데 잠깐 화장실에 다녀오는 사이, 우리 반 아이가 돈을 잃어버렸다고 울고불고 난리가 났다. 상황을 전혀 모르고 교실에 돌아온 내게 담임 선생님이 어디 갔다 왔냐고 물었다. 그리고 돈을 잃어버린 학생이 있으니 모두 가방을 책상 위로 올려놓고 복도에 나가 있으라 했다. 가방 속 내 수첩에는 엄마가 준 용돈이 있었다. 수첩에 오천 원짜리 한 장과 천 원짜리 몇 장, 그렇게 아낀 용돈을 새 지폐로 보관하고 있었다.

돈을 잃어버렸다는 아이는 그 돈이 자기 것이라며 대놓고 나를 도둑으로 몰았다. 어처구니가 없었지만 설명할 길이 없었다. 내가 가진 돈은 은행에서 새것으로 받아왔기 때문에 돈이 구겨져 있지 않다고 항변했지만 그 아이는 내 돈을 끝내 자기 것이라 우겼다. 나는 속을 뒤집어 보여 줄 수도 없는 노릇이라 답답하기만 했다. 그 아이는 성적도 좋으며 부유한 집안의 딸이었고, 나는 공부도 못하고 다리 장애까지 있어서였을까. 주위의 시선은 나를 도둑으로 믿는 분위기였다. 나는 절대 돈을 훔쳐 가지 않았다고 말해 보아도, 누구도 믿어주지 않았다.

체육대회가 끝나고 반 아이들이 교실로 들어왔는데 얼굴을 들 수가 없었다. 너무 억울했다. 친구들이 의심스러운 눈초리로 나를 바라보는 것만 같았다. 실제 그 아이 돈을 가져간 누군가가 분명 그 안에 있었을 것이다. 하지만 이제 와 자기가 가져갔다고 할 리가 없었다. 담임 선생님도 손을 쓰지 못하고 있었다. 도둑을 잡아내든지, 아니면 최소한 어떤 설명이라도 해주는 것이 도리일 텐데 아무런 말도 하지 않고 덩달아 나를 의심하는 눈치였다. 나는 선생님이 원망스러웠다.

선생님은 그 일이 마음에 걸렸던지 중학교 생활기록부를 가져오라 했다. 시골에 아직 남아 있는 살림도 있고 논밭도 그대로 있었기 때문에 엄마가 가끔 시골에 내려가는 일이 있었다. 나는 엄마에게 내가 다니던 중학교에 가서 생활기록부를 한 부만 떼어다 달라 했다. 받아 온 생활기록부를 담임 선생님께 드리니 살펴보시곤 그제야 나에 대한 의심을 거두시는 듯했다.

어처구니없는 누명이었지만 아직도 여전히 그 일은 내게 상처로 남아 있다. 장애가 있는 사람은 누구든 잠재적인 범죄자가 될 수 있다는 것을, 경험을 통해 알게 되었다. 편견이란 쉽게 사라지는 게 아니라는 것도 잘 알게 되었다. 그저 나 자신이 조심하는 수밖에는 없었다.

## 귀신은 저년 안 잡아가고 뭐하나 몰라

언젠가부터 엄마에게 난 애증의 대상이었다. 엄마는 장애를 가진 딸이 불쌍하면서도, 행여 결혼도 못하고 살게 될까 전전긍긍했다. 집은 가난했고 남겨줄 것도 없는 처지여서 딸의 결혼에 대해 신경 쓰지 않을 수는 없었을 것이다.

엄마는 내게 무슨 일을 하고 싶으냐고 묻곤 했다. 나는 책을 좋아했기에 서점을 꾸려 보고 싶었지만 엄마의 등쌀에 떠밀려 친척이 하는 옷가게에서 일하게 되었다. 손님 응대를 어떻게 하는지 전혀 모르는 상태에서 점원을 하자니 가게도 장사가 잘될 리 없었다. 주인아주머니는 툭하면 자리를 비웠고 장사가 안될 때마다 내 탓을 했다. 나는 그곳에서 오래 일하지 못했다. 일을 그만두고 옷가게로 출근하는 대신, 서점으로 가서 한쪽 구석에 자리 잡고 하루 종일

책만 읽었다. 무료한 일상 속에서도, 불투명한 미래에 대한 걱정이 먼지처럼 쌓여가고 있었다. 외롭고 캄캄한 터널을 혼자 걷는 느낌이었다.

엄마는 집에서 나뒹굴고 있는 내가 그렇게 보기 싫었던 모양이다. '빨리 치워 버려야지'란 독백을 습관처럼 달고 살았다. 밥을 먹을 때나 청소할 때, 화장실에 들어갈 때, 매 순간 엄마의 독백은 끊이지 않았다. 매일 듣는 그 말은 좀처럼 익숙해지지 않았다. 어느 순간부터는 나도 초조해지고 있었다. '어떻게든 시집이라도 빨리 가야지' 하는 생각을 갖게 된 것은 사실 너무나 자연스러운 순서였다.

그러다 선을 한번 보라고 해서 나가게 되었다. 상대는 아이가 둘 딸린 남자였다. 나이 차도 많이 났지만 아이가 있는 남자가 내 앞에 앉아 있는 것이 치가 떨리도록 기분 나빴다. 아이가 있다는 말을 듣자마자 당황해서 자리에서 일어났다. 마음의 준비도 없이 나간 자리에서 애 딸린 남자라니. 해도 해도 너무하다는 생각이 들었다. 아무리 장애가 있다고 해도, 이십 대 처녀를 애 둘 딸린 남자에게 보내려는 엄마의 생각을 도무지 이해할 수가 없었다. 나를 그 정도의 남자와 맞추려고 생각했다는 사실만으로도 치가 떨렸다. 얼마나 비참했는지 모른다.

나의 마음을 알긴 하는지, 엄마는 내게 미안해 하지도

않았으며 오히려 냉담했다. 나를 빨리 치워야 동생 앞길이 열린다는 점쟁이 얘기를 듣고 와서부터 결혼에 대한 압박은 더 심해졌다. 아들을 위해서라면 딸은 어떻게 되어도 괜찮다고 생각하는 것 같았다. 내 의사는 묻지도 않고 선 자리가 있으면 나를 억지로 떠밀었다. 상대로 나온 남자들은 죄다 나이가 아주 많거나 아이가 있는 등 결혼 못 할 문제를 가진 남자들이었으니 나로서는 그들이 마음에 들 리가 없었다. '장애가 있지만 오히려 감내하고 받아주겠다'는, 기가 찬 그들의 뉘앙스에 얼마나 큰 수치심을 느꼈는지 모른다.

## 막연한 낙관

그 뒤로도 엄마의 결혼 압박은 계속됐다. 동네에 척추 장애인이 있었는데 그쪽과의 결혼을 은근히 타진해보기도 했다. 내 기분은 아랑곳하지 않고 엄마는 나를 어떻게든 결혼시키고자 했다.

나를 장애인과 결혼시키려는 엄마의 계획은 '내가 나로 살아가려는 의사'를 전혀 고려하지 않은 것이었다. 엄마는, 내 인생이 자신의 계획대로 재단되어야 한다고 생각하고 있었고 그것이 당연하다 믿고 있었다. 그즈음부터 나는 마음 둘 곳을 찾지 못했다. 엄마 말을 따르지 않고 막살아버릴까 하는 생각도 했다. 그러다 스스로가 점차 위험한 상태로 내몰리고 있다는 위기감이 들었다.

하루는 엄마가 나에게 동네 커피숍에 가 보면 젊은 사

람이 나와 있을 거라며 만나고 오라고 했다. 나가 보니 상대의 외모가 멀쩡했다. 하지만 선이라는 자리가 싫었기에 빨리 일어나고 싶었다. 나는 장애가 있다고 먼저 말을 꺼냈다. 이미 알고 있다는 남자에게 그럼 이 자리에 왜 나왔냐고 하니, 자신이 너무 가난하기 때문에 정상인을 만날 수 없을 것 같다는 대답이 돌아왔다. '그래서 나라고……?' 순간 손이 부들부들 떨리고 기가 차서 호흡이 가빠 왔다. 낯짝에다 물이라도 끼얹어 버리고 싶은 충동이 일었다. 내가 이 정도밖에 안 되는 인간인가. 장애인은 이런 무례에도 참아야 하는 것일까.

돌이켜 보면 사람들을 만날 때마다 인격적인 대우는 포기해야 했다. 장애인을 바라보는 사람들의 시선은 차갑고 냉담했다. 정당한 대접을 해달라고 요구하면, 돌아오는 것은 동정이나 성가셔 하는 기색이었다.

결국 나는 스스로를 내려놓았다. 나와 비슷한 처지의 사람을 만나자고 결심한 것이다. 하나님께 기도했다. 나와 비슷한 처지의 사람을 만나되 경제적인 자립이 된 사람을 보내 달라고. 그리고 최소한 내 생각을 존중할 줄 아는 사람을 보내 달라고. 남을 도울 수 있을 만큼의 마음이 넉넉한 사람을 보내 달라고 기도했다. 엄마가 저렇게 서두르니 '그래, 대강 그런 사람이라고 판단되면 결혼해 버리자' 생각했다. 결혼 인륜지대사라고들 하지만 어느새 나조차도 빨리 해치워 버리고 싶은 성가신 통과의례로 생각하고 있다는 것을 깨달았다.

그렇게 시간이 꽤 흐르고 난 어느 날이었다. 아는 분이 나에게 잠깐 나와 보라고 했다. 남자가 하나 있는데 능력도 되고 성격도 좋다고 했다. 덧붙여 그 남자에게도 장애가 있다는 말을 조심스럽게 꺼냈다. 경제적으로 살 만하다는 말에 만나보겠다고 했다. 얼마 후 만난 남자는 목발을 짚고 약속 장소로 들어섰다. 1급 장애인이었다. 사람이 살다 보면 인연이란 게 있는 것 같다. 그때는 그 남자에게서 어떤 긍정적인 기운을 느꼈다.

우린 짧은 연애 기간을 거친 후 결혼했다. 신혼여행을 떠나던 날 남편은 울었다. 그 눈물의 의미를 나는 잘 알고 있었다. 그래서 아무 말도 하지 않고 그저 못 본 척했다. 잠시 신혼의 단꿈을 꾸었다. 이대로 삶이 잘 풀려갈 것이라 막연하게 낙관했다.

남편은 선천적 장애인이 아니었다. 남편이 세 살이던 어느 날 밤, 온몸에 열이 끓고 경련을 일으키자 시어머니가 남편을 업고 병원 문을 두드렸지만 시간이 늦어 열린 병원은 없었다. 급한 대로 근처 군부대의 군의관에게 뛰어갔다고 한다. 그때 맞은 주사 한 대로 인해 남편의 다리에는 마비가 왔다. 멀쩡하게 잘 걷던 아들이 하루아침에 장애인이 된 것이다. 남편은 시어머니의 목숨과도 같았다. 젊어서 첫 번째 결혼에 실패하고, 혼자 집을 나와 일만 하다가 시아버지를 만나 늦게 얻은 그런 아들이었다.

결혼 후 4개월여 동안 아기가 없었다. 누구보다도 시어머니가 아이 소식을 애타게 기다렸다. 손주 탄생의 기쁨을 기다렸다기보다, 내가 남편과 살다가 도망이라도 갈까 봐 하루빨리 아이를 갖길 원하셨던 것이다.

어느 날 몸이 이상하다는 것을 알고 병원을 찾았다. 겁이 났지만 혼자 갔다. 의사는 내 몸을 살피더니 임신 4주 차라고 했다. 나는 마냥 기쁘지만은 않았다. 지금까지 살아오면서 내 삶을 짓누르던 외로움이, 내 몸속의 아기에게만큼은 전해지지 않길 바랐다. 엄마가 된다는 것이 어떤 것인지 전혀 감이 없는 상황에서도 뱃속에 태아를 잉태한 그 고결한 느낌은 이루 말할 수 없는 것이었다. 남편한테 뭐라고 운을 뗄까 고민하며 남편이 일하는 사업장을 찾았다. 사업장 문으로 들어서는 내 표정을 본 남편은 단번에 나의 임신을 눈치채고, 얼굴이 순식간에 어두워졌다.

남편이 무엇을 두려워하는지 나 또한 잘 알고 있었다. 장애인 부모를 두어야 할 아이가 불쌍하기도 했고, 아이가 크면서 비장애인을 비롯한 다른 사람들에게 상처를 받는 일이 생기지는 않을까 걱정되었던 것이다. 굳어지는 남편의 표정에 난감했고 아주 슬펐다. 남들이 느끼지 못하는 아픔들을 일생 동안 껴안고 살아야 하는 우리 부부가 불쌍했다.

그럼에도 불구하고 아기는 우리 부부를 찾아와 주었다. 아이가 태어난 순간 우린 말문이 막혔다. 신비로운 생명이 온전한 형태로 태어나 주었다. 나나 남편과 달리 내 아이의 앙증맞은 다리는 매끈하고 아름다웠다. 아이를 가슴에 품으면서 하나님께 기도 드렸다. 부모를 부끄럽게 여기지 않게 해 달라고. 빌고, 빌고, 또 빌었다.

딸은 삶의 기쁨이었다. 행복이 이런 것이구나 싶었다. 예뻤다. 고운 세상에 흠 없이 자라기를 기도했다. 모든 것이 감사했다.

제2장

# 남의집 대문으로 망설임 없이 직진

## 어젯밤에 너희들 통닭 시켜 먹었지

결혼 후 얼마간은 사는 게 괜찮았다. 시어머니에게 물려받은 재산이 조금 있었고 그것을 기반으로 열심히만 살면 될 것 같았다.

결혼 후 남편이 월세를 내며 작은 사업을 할 때였다. 갑자기 집주인이 건물을 팔아야 하니 사무실을 비워 달라고 했다. 난감한 일이었다. 오랜 기간 공들여 이제 제법 막 자리를 잡으려던 차였다. 그런데 갑자기 사무실을 비우라니……. 남편과 시어머니는 적잖이 당황하는 것 같았다. 대부분의 의사 결정은 남편과 시어머니가 알아서 했기 때문에 나는 그때까지 가정 경제가 어떻게 돌아가는지 하나도 모르고 있었다. 생활비를 주면 그것을 받아 살림만 하던 새댁이었다. 고심 끝에 가지고 있던 땅을 팔아서 사무실이 있던 건물의 반을 먼저 사기로 했다. 비록 크지는 않았지만 내 건물이라 생각하니 기뻤다. 건물 한편에는 가족들이 살 방도 예쁘게 꾸몄다. 건물의 나머지 반을 사게 되면 새 건물을 짓고 세를 받으며 살기로 계획했다. 한동안 남편과 나, 딸, 우리 세 식구는 건물에서 행복했다.

그런데 이때부터 시어머니의 질투가 시작되었다. 새로 산 건물에 우리가 들어가 살고, 어머니는 살던 집에 계시기로 했는데 느닷없이 우리 대신 어머니가 건물로 들어가겠다는 거였다. 남편의 거동이 불편해서 건물에서 살기로 한 것인데, 원래대로 집에서 출퇴근을 하라는 말씀에 서운했다. 생각해 보면 한평생 고생 끝에 일궈 놓은 재산을 고스란히 며느리에게 넘긴다는 게 그리 편한 마음은 아니었을 것이다. 안 쓰고 안 먹고 악착같이 일군 재산이었으니, 반쪽짜리 건물일지라도 그것은 어머니의 삶의 증거였으며 어머니 스스로의 자존감 그 자체였으리라.

결국 시어머니는 남편과 한바탕 싸웠다. 나는 둘이서 다투는 것을 그냥 바라볼 수밖에 없었다. 내가 나선다고 어머니가 물러날 것도 아니고, 결혼 이후에는 남편과 어머니가 집안 경제를 맡아 생활했기 때문에 내가 나설 입장도 아니라고 생각했다. 결국 어머니가 마음을 돌리고 양보하셨지만 그 뒤로 어머니의 간섭은 무척 심해졌다.

하루는 시어머니가 사업장으로 나오셨다가 소리 없이 나가 버리셨다. 저녁이 될 때까지도 소식이 없어 결국 시어머니를 찾아 나섰다. 그때 멀리서 술에 취해 비틀비틀 걸어오는 어머니 모습이 눈에 들어왔다. 내가 얼른 가서 시어머니의 팔짱을 끼며 "어머니, 우리가 잘하겠습니다"라고 살갑게 말을 건넸다. 시어머니는 그제야 화가 난 이유를 풀어놓으셨다. "어젯밤에 너희들 통닭 시켜 먹었지?"

절약이 몸에 밴 분이라 어머니는 좀처럼 돈을 쓰지 않으셨다. 비슷한 일들이 많았다. 시집살이였다. 간식도 못 먹게 하니 몰래 먹는 수밖에 없었다. 먹는 것도 눈치를 봐야 하는 시집살이가 싫었다. 힘들고 억울했다. 친정에 가는 것 또한 일일이 허락을 받아야 했다.

후에 집도 건물도 다 넘어간 뒤에는 내가 번 돈으로 생활을 했으니, 그렇게 자존심 강한 시어머니 마음은 어땠을까. 차라리 시어머니가 돈을 모두 쥐고 끝까지 우리에게 주지 않으셨다면 재산을 지킬 수 있었을지도 모르겠다. 부질없는 생각이었다.

## 생활 정보 신문 때문에

남편이 하던 액세서리 사업은 규모가 작았지만 꽤 안정적이었다. 불현듯 재산을 조금 더 많이 모을 수 있지 않을까 하는 생각이 들었다. 신문사 기자를 하던 남편의 친구가, 생활 정보 신문사를 하면 광고비로 돈을 꽤 많이 번다는 얘기를 해 온 것이다.

그땐 왜 그랬을까. 망설임도 없이 하던 사업을 접고 생활 정보 신문사를 덜컥 차리고 말았다. 당초 생각했던 것보다 목돈이 들었다. 불길한 예감이 들었지만 이미 벌여 놓은 일이라 물릴 수도 없었다. 당시에는 그저 잘 되기만을 빌며 앞으로 나아갈 수밖에 없었다.

형편이 금방 나아지리란 생각은 착각이었다. 직원들 월급날이 돌아올 때마다 주변에서 돈을 빌려다 쓰기 시작했고, 결국 친정 엄마에게 손을 벌리는 상황까지 생겼다. 빚은 순식간에 쌓이기 시작했지만 그럴 때마다 남편은 나만 쳐다봤다.

그럴 때마다 염치 불고하고 친정어머니에게 돈을 빌려 수습했다. 그러나 밑 빠진 독에 물 붓기였다. 어려움은 하루가 다르게 커져 갔다. 한번 비탈길을 구르기 시작한 빚은 브레이크 없이 질주했고, 겨우 정신을 차렸을 때는 가지고 있던 건물까지 은행에 압류를 당한 뒤였다.

일이 안 돼도 너무 안 되다 보니 나는 광고 계약이라도 따 보겠다고 영업을 나섰다. 누구 앞에 선다는 것을 상상해 본 적도 없던 내가 영업을 잘할 리 없었다. 역부족이었다. 더 이상 신문사를 운영할 수 없었고, 우린 그 자리에 주저앉았다. 수중에 남은 돈이라고는 사업을 이어받기로 한 사람이 건넨 삼백만 원이 전부였다.

## 보따리 행상

나보다 더 몸이 불편한 남편이 일을 할 수 없으니 내가 행상이라도 해야 했다. 보따리 장사라도 하지 않으면 도저히 먹고 살 수 없을 것 같았다. 이때부터 전국의 시장을 떠돌며 보따리를 이고 물건을 팔았다. 남편이 시장까지 운전을 해 주면 나는 가게마다 들어가 보따리를 풀어놓고 물건을 파는 식이었다. 겁이나 두려움은 마음의 여유가 있을 때나 생기는 감정이었다. 나는 당장 오늘 먹을 것도 없었던 식구들에게 돈을 벌어서 돌아가야만 했다. 나 혼자 힘으로 부양해야 하는 늙은 시어머니와 장애 1급 남편, 목숨보다 소중한 아이를 생각하면 물건을 팔다가도 눈시울이 뜨거워져 앞이 뿌옇게 변하곤 했다.

물건을 팔아본 적 없는 젊은 여자가 할 수 있는 일이

라곤 가게 사장님들에게 고개를 숙이며 좀 팔아 달라고 간청하는 일이 전부였다. 새벽에 나가면 밤늦게나 들어오는 강행군이었지만, 하루를 쉬면 하루를 굶어야 했기에 도저히 쉴 수가 없었다. 하루는 강원도 쪽, 하루는 경기도 쪽, 하루는 경기 남부, 하루는 경기 북부. 이렇게 일주일 일정을 잡아 행상을 다녔다. 집에 아기와 어머니만 남겨 두고 장터를 떠도는 보따리 장사꾼이 된 것이다. 그럼에도 어머니께 감사했던 점은 단 한 번도 사업에 실패한 일을 입에 담지 않으셨다는 것이다. 아들이 힘들어 할까 봐서였다. 어머니의 걱정은 오로지 그것뿐이었다.

어느 날은 집에 들어가는데 구급차가 앵앵 소리를 지르며 집 쪽으로 달려갔다. 가슴이 덜컥 내려앉았다. 집에 아기와 시어머니만 남겨 놓은 채 행상을 하고 돌아가는 길이었다. 갑자기 불안감이 엄습해 왔다. 집에 도착해 가족들의 안전을 확인하기 전까지는 마음을 놓을 수가 없었다. 괜히 운전대를 잡고 있는 남편에게 빨리 달리라고 재촉했다. 식은땀이 나도록 조바심을 내며 집에 달려갔다. 서둘러서 집에 도착하니 아기는 곤히 자고 있었고, 어머니는 우리를 기다리고 계셨다. 그 후로도 구급차만 지나가면 '혹시……' 하는 방정맞은 생각이 들곤 했다.

내가 행상을 하게 되리라고는 생각지도 못했다. 이 고

난은 그리 오래가지 않을 것이라 생각했지만 가난은 지독히도 질겼고, 오랫동안 내 삶을 붙들고 놓아주지 않았다. 가난한 집안의 딸이었기에 결혼해서까지 가난한 삶을 살고 싶진 않았다. 하지만 삶은 내 뜻대로 흘러가지도, 살아지지도 않았다. 하루 종일 고되게 일해도 하루 밥벌이밖에 되지 못했다. 이자에 이자가 불어서 집까지 넘어갈 판이었고, 이미 여기저기서 돈을 융통하고 갚지 못한 터라 신용도 바닥에 떨어져 있었다. 세상에 나를 도우려는 사람은 없었다. 주변에 친구 많기로 유명했던 남편이었지만, 사업이 망하고 나니 그 친구들도 발길이 끊겼다. 사방이 막막하여 마치 무인도에 갇힌 기분이었다. 그러나 내 아이를 위해서라도 정신을 차려야만 했다.

보따리를 풀어놓기 위해 낯선 지방으로 이동할 때마다 눈물을 주체할 수가 없어 울곤 했다. 무슨 일이든 해서 가정을 지키고 싶은 마음뿐이었다. 막상 일을 시작하면 하나라도 더 팔기 위해 기를 쓰고 돌아다녔다. 그러다 유아원에 가려는 아이들이 가방을 메고 엄마와 통학 차량을 기다리는 광경과 마주칠 때면, 마음이 아파서 제대로 보지도 못했다. 내 아이가 생각나서였다. 부러웠고 부끄러웠다. 아무것도 해주지 못하는 엄마로서, 아이에 대한 미안함만큼은 참으로 견디기 힘든 감정이었다.

행상할 때는 휴대용 가스레인지와 작은 냄비를 가지고 다녔다. 돌아다니다 끼니 때가 되면 길이나 다리 밑에서 김치나 감자를 썰어 넣고 씻어 둔 쌀과 물 한 통으로 밥을 지어 먹었다. 그렇게 점심 값이라도 아껴야 했다. 어떤 때는 밥해 먹을 장소가 여의치 않아 한참을 헤매기도 했다. 밥을 지어 먹다가 누군가 지나가면, 창피해서 한참이나 주위를 살피다 밥을 먹곤 했다.

차가 퍼져 고생한 적도 한두 번이 아니다. 하루는 강원도 쪽으로 행상을 돌던 때였는데, 장사가 영 신통치 않았다. 차를 끌고 미시령 고개를 넘어오는데 차가 힘없이 덜덜 거리더니 그대로 퍼져 버렸다. 속이 까맣게 타들어 갔다. 돈이 없어 견인차를 부를 수도 없었다. 당시 차는 보험에도 들어 있지 않았다. 그런 일이 자주 있었지만, 그때마다 초조함에 발을 동동 구르다 가까스로 시동이 걸리면 얼마나 안도했는지 모른다.

젊은 처자가 가방 하나만 들고 행상을 다니는 모습이 안돼 보였는지 물건을 사 주는 가게 주인들도 있었다. 당시에는 남편도 힘들었을 것이다. 본인이 나서서 돈을 벌 수 있는 상황도 아니고, 몸이 불편해 막일을 할 수도 없으니 옆에서 지켜만 봐야 하는 그 고통은 또 얼마나 컸을까.

지금도 그때 생각을 하면 마음이 아려 오지만, 지나간

추억이란 그 어떤 장면도 아름답게 만들어 버리는 신비한 힘이 있다. 오래전 다리 밑에서 밥을 지어먹으며 남편에게 한 얘기가 생각난다. "여보, 우리 나중에 다시 부자 되면 지금의 이 기억들이 아름다운 추억이 돼 있을 거야."

아무리 힘들어도 남편과 이별할 생각은 하지 않았다. 힘든 시기에 떠나 버리는 건 사람의 도리가 아니라는 것을 잘 알았기 때문이다. 장애로 힘들었던 시절, 모두가 외면하고 심지어 주변에서도 나를 투명인간처럼 여겼던 그때, 누구 한 사람이라도 내 손을 잡아 줬더라면 결혼이라는 제도에 이렇게 성급하게 나를 밀어 넣지는 않았을지도 모른다는 생각이 들었다. 하지만 어차피 이루어진 일이고, 어찌됐건 결혼 또한 내 선택이었으니 배우자에 대한 도리를 다해야 했다. '지금 나마저 떠나면 이 사람에게 누가 있을까' 싶은 마음과 동시에, 아이에게 온전한 가정을 물려주고 싶은 마음도 있었다.

넘어지면 안 되는 삶이다. 남편이나 딸아이가 보기에 용감하기만 한 나는 절대로 넘어지면 안 된다. 가족에게 든든한 나무가 되어 쉴 수 있는 그늘의 역할을 할 때까지 넘어지지 않고, 그들의 희망이 되어야 한다. 나도 때로는 쉬고 싶다. 그리고 넘어졌을 때 잡아 줄 누군가 있으면 좋겠다는 생각도 했다. 그러나 하늘은 나보고 주인이 되어라 한다.

다른 이들의 쉼터가 되어라 한다. 내 처지를, 내 운명을 순응해야 했다.

## 쌀 살 돈

어느 날 행상을 갔다 집에 들어갔는데 어머니와 어린 딸이 전등도 켜지 않은 채 부엌에 앉아 밥을 먹고 있었다. 별 생각 없이 식사하시냐며 다가갔더니 어머니께서 밥통을 감추시며 어물거리셨다. 그리고 다 먹었다며 자꾸 먹던 밥을 감추시는 듯했다. 그것을 이상하게 여긴 남편이 왜 숨기냐며 다가가서 보니, 싸라기로 밥을 지어 먹고 있었다. 남편은 쌀이 떨어졌으면 말씀을 하셔야지 지금 뭐 하는 거냐며 화를 냈다. 그 기막힌 상황에 대한 미안함은 지금도 마음에 응어리로 남아 있다.

행상을 하던 때 나는 새벽에 나가서 밤이 되어서야 집에 돌아왔다. 살림과 아이를 보살피는 일은 어머니가 노맡아 해주셨다. 어린 딸은 싸라기가 뭔지도 모른 채 할머니가 해준 밥을 먹었던 것이다. 어머니는 아까워서 버리느니 먹었다고 말씀하셨지만 사실은 쌀이 떨어졌다는 얘기를 못하신 것이었다. 하루하루 행상으로 번 돈을 가지고는 충분히 쓸 수가 없었다. 하루 한 번 드리는 만 원은 아이와 함께 쓰기에 턱없이 모자란 금액이었다. 다른 건 몰라도 쌀은 떨어지지 않게 해 놓으려고 했는데 깜빡 잊어버리고 말았다.

다음 날 만 원짜리 쌀 한 포대를 사서 집에 들여 놓고 교회에 갔다. 그래도 알량한 자존심은 있어서 쌀이 떨어졌다는 걸 누구에게도 말할 수 없었다. 잠시라도 하나님을 의지하지 않고는 견딜 수 없는 날이었다. 예배를 마치고 집으로 가려고 나서는데, 할머니 권사님이 나를 불러 세웠다. 그리고 교회 구석으로 나를 끌고 가서는 손에 무엇인가를 쥐여 주셨다. 내가 한사코 싫다 했던 그것은 천 원짜리와 오천 원짜리, 만 원짜리 몇 장이 꼬깃꼬깃 접혀 있는 오만 원이었다.

순간 눈물이 왈칵 쏟아졌다. 그래도 받고 싶지 않았던 것은, 그 돈이 어떤 돈인지 알기 때문이었다. 자식들이 용돈으로 쓰라며 주신 돈을 조금씩 모은 것이었다. 그래서 편한 마음으로 받을 수가 없었다. 막무가내로 받으라고 권하시는 권사님의 성의를 끝내 뿌리치지 못하고 돈을 받았다. 그때의 오만 원은 귀한 돈이었다. 집에 쌀 한 포대를 들여

놓을 수 있었던 귀한 사랑이었다. 후에 감사한 마음으로 권사님께 돈을 갚았다.

# 시어머니의 소고기 배춧국

자식에 대한 부모님의 사랑은 그 무엇과도 비교할 수 없다. 유난히 아들에 대한 사랑이 남달랐던 어머니는, 아들에게 다 퍼 주고도 더 줄 것이 없나 고심하셨다. 자식이 아픈 것도 본인의 죄 때문이라고 말씀하시는 사람이었다. 자식이 고생하는 것을 어떤 부모가 편하게 볼 수 있을까? 사업이 망하고 행상을 하면서도, 어머니 앞에서는 돈 없다는 이야기를 한 번도 하지 않았다. 하지만 굳이 이야기하지 않아도 눈에 보이는 궁핍한 삶이었다.

하루는 행상을 마치고 집에 들어갔더니 어머니가 밥을 먹으라며 차려 놓으신 상의 밥상보를 손수 열어 주셨다. 일을 마치고 들어오면 늘 부엌에서 대충 한 숟갈씩 밥을 떠먹고 자던 우리들은 이게 웬일인가 싶었다. 차려져 있는 밥상에는 소고기 배춧국이 있었다. 우리가 들어올 시간에 맞춰 데우고 떠 놓으신 듯, 김이 모락모락 났다. 배추에 소고기를 넣은 국은 어머니가 특별한 날에만 가끔 끓여 주시던 것이었다.

하루 종일 행상하고 돌아온 불쌍한 아들 며느리가 추울까 봐, 아들이 좋아하는 맛있는 배춧국을 따끈하게 끓여 놓고 우리를 기다리셨던 것이다. 아들이 맛있게 먹는 모습을 보고 싶으셨으리라. 밥을 먹는 내내 아무 말도 하지 못했다. 먹먹한 가슴이 눈물이 되어 쏟아질까 봐 얼마나 급하게 먹었는지 모른다.

## 내 것이 아닌 돈

나는 성격이 꼼꼼하지 못하고 덤벙거리는 편이다. 어느 날엔가 집에 들어올 때 분명히 십만 원짜리 수표 한 장과 만 원짜리 몇 장을 가지고 있었는데 아무리 찾아도 보이지 않았다. 십만 원은 어머니께 비상금으로 쓰시라고 드리려던 돈이었다. 아이와 둘이 계시다가 혹시라도 무슨 일이 나면 쓰라고 드리려던 돈이었는데 없어지고 말았다. 차에도 가 보고 주머니를 다 뒤져 보아도 돈은 발견되지 않았다. 마트에 들러 물건을 사고 돌아오다 어디엔가 떨어뜨린 것이 분명했다. 때는 이미 늦었다. 십만 원이면 당시 행상을 하고 3일을 아껴야 손에 쥘 수 있었던 금액이다. 아깝고 원통한 마음에 제대로 자지 못하고 잠을 설쳤다. 내 것이 아니었나 보다 생각했다. 나는 에너지를 소모해 봤자 소용

없는 일에는 빨리 체념하는 성격이다. 아쉬웠지만 잊기로 했다.

하지만 문제는 다음날에 발생했다. 잃어버린 십만 원과 함께 있던 나머지 몇 만 원도 그때 같이 잃어버린 모양이었다. 그 돈으로 차에 기름을 채워야 행상을 나갈 수 있는데, 비상금까지 잃어버리고 오지도 가지도 못하는 신세가 됐다. 행상할 물건을 살 돈, 시어머니께 드릴 돈조차 없었다. 어떻게 해야 될지 몰라 서성이는데 어머니가 이유를 물었다. 나는 어쩔 수 없이 자초지종을 이야기했다. 어머니는 묵묵히 주머니를 뒤져 만 원짜리 두어 장을 주셨다. 아이랑 쓰라고 드렸던 돈을 아껴 두었던 것이다. 너무 죄송해서 사과의 말도 하지 못하고 도망치듯 집을 빠져나왔다.

## 한 순간도 멈춤 없이

어린 시절의 사고 이후에도 가끔 살이 찢겨나갈 것 같은 통증이 일어 새벽에 잠을 깨곤 했다. 신체의 고통과 함께, 내가 멈춰서면 가족 모두의 삶이 멈춰버린다는 사실이 마음의 고통이 되어 가끔씩은 미치도록 나를 괴롭혔다. 일하는 것 자체보다, 단 한 순간도 멈춤 없이 걸어야 하는 내 운명이 마치 끊임없이 돌을 밀어 올려야만 하는 영원한 죄수의 화신 시지프스 같았다.

가도 가도 끝이 없는 이 길에서 잠시 나를 내려놓고 걷는 것을 멈추고 싶기도 했다. 여자 혼자 벌어서 가족을 부양하는 것은 쉬운 일이 아니었다. 가장 노릇을 하지만 늘 마음 한구석엔 삶에 대한 회의를 떨쳐낼 수가 없었다. 과연 이대로 좋은가. 내가 잘하고 있긴 한 걸까. 나와 가족의 앞날에는 어떤 일들이 기다리고 있을까. 꼬리에 꼬리를 무는 의문들은 여전히 풀리지 않는 숙제였다.

간신히 눌러놓은 내 안의 열등의식이 언제든지 발현될 수 있다는 것을 알고 있었다. 일이 잘 되지 않거나 잠시 불길한 마음만 들어도, 마음은 쪼그라든 풍선마냥 갈피를 잡지 못하고 힘없이 흔들렸다.

## 생활 정보 신문 덕분에

행상으로 꾸려 가던 생활도 녹록치 않았다. 돈이 모두 떨어졌는데 집이 은행에 압류된 상태에서 이자를 연체하면 집이 넘어간다는 연락을 받았다. 당장 지인들에게 부탁을 해야 할 처지였지만 통화를 위한 공중전화 요금 100원도 없었다. 요즘 세상에 이런 얘기를 누가 공감이나 할 수 있을까. 전 재산을 탈탈 털어 보아도 동전 하나 없었다. 혹시나 하는 마음에 차를 뒤지고 차 시트를 젖히며 떨어진 동전이 있나 혈안이 됐다. 간신히 시트 밑에서 100원짜리 하나를 발견했고 친정어머니한테 전화를 걸어 도움을 요청했다. 정말 앞이 캄캄했다.

그때 공중전화 옆의 생활 정보 신문이 눈에 들어왔다. 신문에는 'H교육 상담 교사 모집'이라고 적힌 구인 광고가 있었다. 결혼 전에 아이들 과외를 해준 경험이 있으니, 이 일이라면 가능할 수도 있겠다 싶었다. 적힌 번호로 전화를 했다. 상담 교사라고 해서 아이들을 가르치는 일인 줄 알았는데 알고 보니 교육을 위한 학습지 영업이었다. 그렇지만 찬밥 더운밥 가릴 처지가 아니었다. 면접을 보고 본사로 교육을 받으러 다니며 본격적으로 영업을 시작하게 되었다.

나는 생활 정보 신문사를 운영할 때 영업을 하러 다녔던 경험이 있었고, 행상을 하며 사람을 대면하는 것에 대한 두려움이 없기도 했다. 당시에는 견디기 힘든 시련이었다 할지라도, 나에게는 그것이 무엇보다 큰 훈련이었다는 것을 알게 되었다. 망설일 것이 없었다. 뭐든 회사에서 시키는 대로 따랐다.

학습지 영업의 첫 번째 난관은 낯선 집의 문을 두드려 열어 달라고 해야 하는 것이었다. 일면식도 없는 사람에게 흔쾌히 자신이 사는 집의 문을 열어 주는 사람은 많지 않았다. 그때의 나는 '어떻게 해서든지 가족을 먹여 살려야 한다'는 일념으로 문을 두드렸다. 가족을 지키기 위해서 이 정도의 어려움쯤은 견뎌낼 수 있었다. 하루 종일 밥도 먹지 못하고 여러 집을 돌아다녔다. 문은 쉽게 열리지 않았다. 그렇다고 이대로 돌아갈 수는 없었다. 아무런 실적 없이 귀사하고 싶지 않았다. 다시 한번 가족을 생각했다. '빈손으로 들어가서는 안 된다.' 나는 매서운 겨울바람을 뚫고 계속 걸고 또 문을 두드렸다.

## 내 인생의 가장 황홀한 순간

길을 걷다가 한 아이를 발견했다. 밖에서 놀던 작은 아이는, 엄마가 부르는 소리에 집으로 들어가고 있었다. 아이가 집으로 들어가는 것을 따라, 나도 그 집으로 잽싸게 따라 들어갔다. 하늘이 도운 기회라고 생각했다.

아이 어머니는 아이가 먹을 밥을 준비하던 참이었고, 마침 아이 아빠는 퇴근 전이었다. 뒤따라 집으로 들어간 나는 아이 어머니께 인사를 했다. 그리고 학습지를 꺼내 아이의 테스트를 해주며 아이가 똑똑하다고 너스레를 떨었다. 좋아하는 어머니의 모습을 보고 나는 바로 학습지 계약서를 꺼내 들었다.

쇠뿔도 단김에 빼야 했다. 미적거리며 엄마의 의견을 기다렸다가는 아무래도 안 될 것만 같았다. 테스트를 진행하며 알게 된 아이 이름과 주소를 계약서에 적었다. 영업을 도는 지역이 정해져 있기 때문에 대강의 주소는 알고 있었다. 처음 쓰는 계약서라 얼마나 떨렸는지 모른다. 그때 어머니가 "애기 아빠한테 물어봐야 되는데……" 하며 조금 뒤로 물러나려 했다.

하지만 기회를 놓칠 내가 아니었다. "그럼요, 당연히 물어 보셔야죠. 그러나 어머니, 아이 교육이잖아요. 다른 것에 쓰는 것도 아니고 이렇게 예쁜 늦둥이가 공부하는 걸 아빠가 반대할까요?" 나의 반문에 어머니는 수긍하는 눈치였다. 나는 아이를 칭찬하며 계약서를 마무리했다. 사실 기억이 나지 않을 정도로 긴장했지만 내색하지 않고 정중하게 인사를 하며 그 집을 나섰다.

첫날부터 계약을 해냈다! 당시 벅찼던 감격의 순간은 아마 생을 마감하는 날까지 잊지 못할 것이다. 회사에 들어가니 상사들이 퇴근도 하지 않고 기다리고 있었다. 다들 나의 계약 성사에 대해 전혀 기대하지 않는 눈치였다. 상사 한 명이 계약 여부도 묻지 않고 퇴근하라고 했을 때, 나는 성사된 계약서를 내밀었다. 그때부터 사무실이 난리가 났다. 신입이, 그것도 혼자, 영업하러 나간 첫날에 계약을 해가지고 들어오기는 어려운 일이라 했다. 그런데 건강한 다른 사람들도 하지 못한 일을 내가 해낸 것이다. 나는 그 순간을 아직도 잊지 못한다. 내 인생에서 가장 황홀한 순간 중 하나니까. 신바람이 났다.

스타트를 잘 끊고 나니 자신감이 200% 상승했다. 비록 다리를 절름거리고, 말은 어눌하고, 유아 교육에 대한 지식도 많지 않은 내가 오로지 가족을 위한 마음 하나로 해낸 일이었다. 나는 그렇게 첫날부터 계약한 아이들의 이름을 외우기 시작했다.

후에 일을 열심히 해서 관리하는 아이가 400여 명이 넘었을 때에도 한 아이의 이름도 빼지 않고 모두 외웠다. 그리고 간절히 기도했다. 그 아이들이 이 세상에 좋은 뿌리로 자리 잡아 큰 일꾼들이 되게 해 달라고. 내가 하는 일에 확신을 갖기 위해서였다. 내가 좋은 일을 하고 있다는 확신이 없다면 영업은 할 수 없을 것 같다는 생각이 들었다. 당시 회사의 방향은 책을 많이 읽는 아이를 양성해 내는 것이 목표였다. 책을 많이 읽는 사람은 반드시 훌륭한 사람이 된다고 믿었기에 확신이 있었다.

## 갱년기, 하루 만에 끝내기

아무리 일을 열심히 하며 몸부림을 쳐 봐도 경제적 자유는 오지 않았다. 영업을 계속했던 이유는 처음 시작한 일이 영업이기도 했지만, 그것보다도 중요한 것은 일반 사무직보다 돈을 많이 벌 수 있다는 매력 때문이었다. 영업으로 벌어들였던 돈을 잘 모았다면, 서울에 아파트를 적어도 서너 채 정도는 샀을 것이다. 영업을 처음부터 잘하는 사람이 어디 있을까? 난 단지 절실했을 뿐이다. 가족을 책임지겠다는 절실함으로 시작한 영업이라 이것저것 가릴 수가 없었다. 남에게 손해를 끼치는 일이 아니라면 닥치는 대로 일했다. 잠깐만 고생을 하면 금방 일어설 수 있을 줄 알고 시작한 일이었다.

하지만 아무리 시간이 지나도 끝나지 않을 것 같다는

막막함이 밀려오기 시작했다. 다른 사무직 주부들에 비해 월급을 많이 타는데도 내 마음껏 써보지 못한 채, 돈은 통장에서 날개를 단 것처럼 날아가 버렸다. 처음 돈을 벌어 쓸 때는 묘한 성취감이 있기도 했다. 내가 번 돈으로 빚들도 조금씩 정리를 했고, 남편의 뒷바라지를 하고 생활비를 충당하며 가족의 생계를 해결할 수 있었기 때문이다. 행복했고 개운한 마음까지 들었다.

하지만 그렇게 10년이 넘어가고 15년이 훌쩍 지나가기 시작하면서 서서히 몸의 여기저기서 이상 신호가 감지되었다. 친정 언니는 "건강은 건강할 때 지켜야 한다"며 갱년기가 되기 전에 건강을 먼저 돌보라 했다. 그러나 나는 교만하게도 언니의 말을 귓등으로 듣고, 건강식품 하나 챙겨 먹지 않고는 막연히 괜찮겠지 생각했다. 건강만은 자신 있었다.

40대 후반의 어느 날이었다. 계속되는 영업과 남편을 돕는 일에 지쳐 버린 내 영혼은 아프다며 울부짖었다. 한마디로, 사는 것이 재미없었다. 지구 밖으로 떠나 버리고 싶었다. 설명할 길 없는 정신의 공허와 육체의 고통이 한꺼번에 온몸을 짓눌렀다. 그 고통이 끔찍할 정도여서 이 세상을 놓아 버리고 싶다는 생각까지 들었다. 이렇게 계속되는 고난을 언제까지 감당해야 되는지 모르는 채 불안감은 계속

됐다. 마음을 잡을 수가 없었다. 내 인생의 가치관을 잘못 세운 것은 아닌지 흔들리기 시작했고, 내 삶을 꾸려 나갈 자신감은 어디론가 사라져 버렸다.

남편에게 몸이 아프다고 몇 번을 이야기했지만, 남편은 대수롭게 여기며 넘겼다. 억울했다. 이렇게 고생하며 사는 것이 억울했고, 아픈 것을 누구 한 사람도 진지하게 봐주지 않는 것이 억울했다. 가장 억울한 것은 아파도 하루도 쉴 수 없는 내 삶이었다. 밤에 남편이 잠자리에 들고 나면 많이 울었다. 우리는 방을 따로 쓰기 때문에 내가 뒹굴며 울어도 아무도 알 리가 없다. 며칠을 울어도 감정이 나아질 기미는 보이지 않았다.

이것이 갱년기 증상이라는 것을 나중에야 알았지만 나는 우울해서 견딜 수가 없었다. 울고 또 우는데도 눈물이 그치질 않았다. 밤이 되면 혼자 방 안에서 두 시간 이상씩은 울었던 것 같다. 다음 날 아침에 일어나면 언제나 눈이 퉁퉁 부어 있었다. 그러다 이렇게 그냥 울기만 해서는 안 되겠다는 생각을 했다. 교회의 기도 처소까지 달려갔다. 울며 기도하기에 안성맞춤인 그곳에서 마음껏 울어 보리라 생각했다. 그 밤에 내 속에 있는 울분과 서러움, 시리고 아픈 온갖 상처들을 다 끄집어내 놓고 실컷 울었다. 생각하며 울고 곱씹으며 또 울었다. 몸이 아팠고, 마음은 찢겨 없어진 것 같았다.

내가 살아야 할 이유를 순간 놓쳐 버렸다. 기도 처소에서도 일어나지 못했다. 온몸이 천근만근이었다. 그러다 이렇게 죽어 버리기라도 한다면 나만 억울할 것 같다는 생각을 했다. 모자란 사람이다. 모자라도 참 많이 모자란 사람이다. 기도 처소까지 동행해 준 동생은 나에게 참 열심히 살아왔다며 위로했지만, 솔직히 위로가 되지는 않았다. 왜 나는 이렇게밖에 살지 못하는 것인지, 이해할 수가 없었다. 지금까지 숱한 고생을 하며 버텨온 인생인데 경제적 자유와 여유는 당연히 있어야 되는 것이 아닌가. 하지만 언제나 내 통장은 비어 있었다. 앞으로도 지금처럼 살아야 한다면 정말 살아 낼 자신이 없었다.

이런 내 모습을 보던 그 동생은, 내 몸을 정성껏 주무르기 시작했다. 죽을 만큼 아파서 그만 하라는 말도 못하고 그만 몸을 맡겨 버렸다. 그러자 몸이 점점 나아지는 것 같았다. 사랑의 손길이 수렁에서 날 끌어올려 주는 느낌이었다. 처음으로 나는 사랑과 정성을 다해 나를 대해 주는 사람을 만난 것처럼 위안을 받았다.

나의 갱년기는 그렇게 싱겁게 끝났다. 난 오래 아프면 안 되는 사람이다. 여자들이라면 누구나 겪는 갱년기 증상을 핑계로, 세상에 투정을 크게 한번 부려 봤던 것이다. 나는 하루만 울면 갱년기가 끝나 버리는 '마징가 제트'다. 마징가 제트로 살기로 다짐을 하며 자리에서 일어났다. 그날 이후 갱년기로 인한 아픔을 다시는 생각하지 않기로 했다. 내 갱년기의 우울함을 그렇게 하루 만에 끝냈다.

제3장

# 집에서는 가장, 밖에서는 팀장

## 문을 열게 하기

영업을 하던 시절 아침 조회가 끝나면 오전 10시, 곧바로 배정받은 지역을 향해 걸음을 재촉했다. 늘 아침 식사를 하지 않고 출근해 일을 했다. 밥을 먹고 시작하면 늦는다. 아침을 먹는 시간 동안 경쟁사 선생님들이 먼저 나가 해당 지역을 돌고 휩쓸어 버리기 때문이다. 그러면 내가 계약을 성사시킬 가능성이 있는 집들이 줄어드는 것이라 서둘러야 했다.

내 하루의 목표는 분명했다. 계약서를 한 장도 안 들고는 사무실에 들어가지 않겠다는 철칙이 있었다. 돈이 필요했다. 절대 빈손은 안 됐다. 나 자신과 약속한 것들이 있었다.

1. 하루 단 한 장이라도 좋으니 계약서를 꼭 가지고 귀사할 것.
2. 아이들의 이름을 다 외워서 한 명 한 명 기도할 것.

내가 담당하는 구역은 익숙했다. 항상 가는 지역이라 낯설 것도 없었다. 때문에 골목 초입의 한 집을 정해 놓고, 그 집부터 한 집도 빠트리지 않고 초인종을 눌렀다. 대부분의 문은 열리지 않았다. '아이들이 없어서, 다른 학습지를 시켜서' 문을 열어 주지 않는 이유는 다양했다. 열어 주지 않는 집의 대문을 두드리며 하루를 열어야 한다. 가정을 지켜야 한다는 일념뿐, 부끄러움도 창피함도 없어진 지 오래였다. 나는 그 순간만큼은 건강한 여자였다. 당당해야만 하는 커리어 우먼인 것이다. 문을 안 열어주는 고객들을 원망하며 주저앉아 있을 수는 없었다. 묵묵히 나의 길을 갈 뿐이었다.

어느 집 대문 앞에서 "계세요? 계세요?" 외치며 인기척을 확인할 때였다. 소리를 듣고 안에서 나온 사람이 문을 확 열더니 "이런 ○○○ 같은 ○○가 왜 자꾸 문을 두드려? 이런 ○○○ 같으니라고!" 하며 소리쳤다. 나는 느닷없이 몰아친 욕에 당황한 나머지 그 자리에서 얼어 버렸다. 죄송하다는 말을 급히 흘리면서 그 자리를 피했다. 혹시라도 쫓아

올까 봐 겁이 나서, 뛰지도 못하는 걸음을 재촉하며 빠르게 걸었다.

그 순간 공교롭게도 하늘에서 함박눈이 쏟아졌다. 눈물이 나려고 했지만 간신히 참았다. 아직 일이 끝나지 않았고 다음 집의 문을 두드려야 했기 때문이다. 눈이 내린다고 감상에 젖어 있을 수만은 없었다. 매사에 마음이 흔들리다가는 살아갈 수가 없었다. 약한 나를 다잡고 또 다잡아야 했다. 눈물을 닦고 용감하게 걸었다. 그래도 뿌려 놓은 씨앗은 어디 가지 않는다고 생각해, 걸으면서도 전단지를 뿌렸다. 그렇게 오전은 헛걸음이었다.

문을 열어주길 기다리는 것은 힘들었지만 아이들 손을 잡고 들어가서 하는 영업은 쉬웠다. 추운 겨울인데 눈을 만지며 놀고 있는 아이가 눈에 들어왔다. 엄마 슬리퍼를 신고 있는 걸 보니 엄마 몰래 나온 것 같아 감기에 걸릴까 걱정이 됐다. "엄마 어디 계셔요?" 하며 아이의 손을 잡았다. 이런 아이는 계약을 한 거나 마찬가지다. 내가 이 기회를 놓칠 리가 없다. 손을 잡고 집으로 들어가는데 아이 엄마가 마침 아이를 찾아 이름을 부르며 나오고 있었다. 아이 엄마는 아이에게 "추운데 어디 갔었어?" 하고 묻다가 아이의 손을 잡고 있는 나를 바라보았다.

"아이쿠, 감사합니다. 그런데 누구신지……." 나는 얼른 "지나가는데 아이가 맨발로 나와 있어서요." 대답했다. 눈치를 보니 아이 엄마는 유순해 보였다. 기회는 이때다 싶어 "일단 들어가서서 말씀하시죠." 말하며 아기 손을 잡고 집으로 향했다. 그리고 H교육 학습지 교사라는 소개와 함께 말의 물꼬를 텄다. 마침 취학 전인 아이 누나가 한글을 못 깨우쳐서 걱정을 하고 있었다고 했다. 속으로 쾌재를 외쳤다. 이런 상황이, 나에게는 말로 표현하기 어려울 정도의 기쁨이다.

그날은 계약한 아이의 집에서 저녁까지 해결하고 나왔다. 남편이 출장 중이라면서 꼭 먹고 가라며, 다리도 불편하신 것 같은데 편히 앉아서 식사하라는 배려에 참 감사한 마음으로 저녁 식사를 해결하고 집으로 돌아왔다.

만약 오전에 욕을 들었던 사건에 계속 빠져 우울해 하고 있었다면 이런 기회가 왔을까? 나는 어떤 감정에 부딪히더라도 오래 갖고 가지 않는 습관을, 영업을 하는 과정에서 익혔다. 어떤 일이든 자기가 하는 일에 자부심을 갖지 못하면 절대 성공할 수가 없다. 나는 내 일이 자랑스러웠다.

후에 그때의 영업력은 어디서 나왔을까 생각해 본 적이 있다. 절실함. 이유가 있다면 그것뿐이었다. 하루도 계약을 하지 못하는 날이 없을 정도로 신나게 일했다. 1등은 한번 하기가 어렵지, 하고 보니 절대 그 자리를 놓치고 싶지 않았다. 나의 영업 실력은 나날이 늘어갔다. 일 잘하는 사람으로 본사에까지 소문이 났다. 이름이 알려질수록 의무감도 더해갔지만, 이런 부담이라면 기꺼이 감당하고 싶었다. 정말 오랜만에, 아니, 어쩌면 내 아이를 만난 날 이후 처음으로 행복감을 맛본 것 같았다.

급여를 타면 조금씩 빚을 갚았고, 생활비와 아이 양육비를 대고 저축도 조금씩 했다. 스스로 번 돈으로 저축을 해본 적이 없었던 내게 저축은 얼마나 신났는지 모른다. 저축 가능한 삶이 곧 행복한 삶이란 것을 느꼈다. 이제 울면서 행상을 다니지 않아도 됐고, 자신감이 생기자 얼굴에도 웃음이 돌아왔다. 얼마 지나지 않아 난 '까무잡잡한 얼굴에 체구가 작고, 다리를 약간 저는데 일은 잘하는 선생님'으로 그 지역 학부모들 사이에서 꽤나 이름을 날리게 되었다. 뭐라고 부른들 좋았다. 사람들이 나를 기억하고 또 찾아 준다는 것이 나에게는 중요했다.

## 서로 돕는 관계

간혹 초인종을 누르면 들어오라며 식사까지 차려 주시는 어머니들도 있었다. 하지만 상담 교사가 밥을 준다고 덥석 받아먹을 수는 없었다. 배에서 꼬르륵 소리가 나도 식사를 다 할 때까지 기다려야 했다. 어떻게 모르는 식구가 밥 먹는 것을 다 기다렸다 영업을 하고 나올 생각을 했는지 지금 생각해도 참 용감했다.

집들을 샅샅이 뒤져 가며 일하다 보니, 내 구역에서는 더 이상 갈 곳이 없을 때도 있었다. 하지만 일은 계속해야 했고 계약은 꼭 성사시켜야 했다. 생계가 달려 있는 문제였다. 아이들을 날마다 만나는 일이 쉽지만은 않았다. 자기 구역이 아닌 곳에서도 일을 할 수는 있었지만, 기왕이면 내 구역에서 영업하는 게 맘이 편했다. 구역을 정해서 하는 영업이라 좋은 점도 있었다. 날마다 같은 곳으로 출근을 하다 보니 자주 보게 되는 분들이 생겼다. 마치 전부터 알았던 사람처럼, 오가다 서로 웃어 주기도 했다.

하루는 몸의 컨디션이 좋지 않아 쉬고 싶었다. 이런 날은 난감했다. 배정받은 구역과 집이 가까운 직원들은 몸이 힘들 때면 집에 들어가 쉬고 나올 수 있었지만, 집이 먼 나는 쉴 곳이 없었다. 지금처럼 카페나 쉴 수 있는 공간이 많이 있는 것도 아니었고, 있다 해도 써야 하는 돈이 아까워 들어갈 수가 없었다. 지친 몸을 이끌고 헤매다가, 지나치며 봤던 미용실로 들어갔다. 혹시 고객으로 온 여성들이 있을까 기대했기 때문이다. 그들은 영업 상대가 될 수도 있었다.

들어가서 보니 미용실 원장님과 손님 셋이서 식사를 하고 있었다. 식사 중에 끼어드는 것은 실례인 것 같아 나가려고 돌아서는데 미용실 원장님이 왜 나가냐며 나를 불러 세웠다. 머리를 하러 간 것이 아닌데 원장님이 잡으니 난감했다. 엉겁결에 머리 자를 건데 식사가 끝나면 다시 오겠다고 하며 뒤돌아섰다. 내 말을 들은 원장님은 무슨 소리냐며 밥 먹는데 그냥 가면 안 된다고 같이 먹자고 했다. 성격도 좋고 배려심도 깊으신 것 같았다. 배우고 싶은 장점이었다. 그럼 일단 앉아서 기다릴 테니 식사 먼저 하시고 머리를 잘라 달라고 했더니, 원장님은 숟가락 한 개만 더 놓으면 된다며 한사코 앉으라 했다. 자꾸 권하는 바람에 어색했지만 같이 식사를 하게 되었다. 늘 아침 식사를 못하고 일을 하느라 시장했기에 못 이기는 척 아침 겸 점심을 해결했다.

식사를 마친 뒤 머리를 자르려고 의자에 앉았는데 원장님이 "무슨 일하는 사람인데 날마다 이 동네를 오냐"며 말문을 떼 주었다. 그동안 내가 지나다니는 걸 여러 번 보셨다고 했다. 나는 기다렸다는 듯, 이 구역을 담당하는 상담 교사라고 대답했다. 원장님은 반색을 하며 잘됐다고 하시며, 자신의 아이가 시골 할머니 댁에 있는데 옆에서 공부하는 걸 못 봐줘서 늘 미안했다고 했다. 운 좋게 점심도 얻어먹고 계약도 하게 된 것이다. 이런 것을 일석이조라고 하는 것이구나 싶었다.

오전에 아팠던 몸이 바로 회복된 것 같았다. 게다가 그 자리에 있던 손님들에게까지 홍보를 해 주셨다. 손님들은 원장님과 평소에 친분이 있었던 터라, 세 명 중 두 명이나 그 자리에서 계약을 했다. 원장님은 다리도 불편한 것 같은데 힘들 때면 들어와서 잠깐이라도 쉬어 가라며 격려를 해줬다. 덕분에 일하다가 힘들면 잠깐씩이라도 쉴 곳이 생겼다. 게다가 근처의 슈퍼와 옆 철물점 주인까지 조력자로 만드는 데 성공했다. 아이들이 있으면 소개하라며, 미용실 원장님이 인사를 시켜준 덕이었다.

이후 일하다 몸의 컨디션이 안 좋거나 갈 곳이 없으면 미용실로 들어가게 되었다. 나 또한 원장님께 보답을 해야 한다는 생각으로, 회사 직원들과 회원인 어머니들에게 머리를 잘하는 곳이라며 미용실을 소개해 주었다. 그렇게 원장님과 나는 서로 돕는 관계가 되었다.

한여름의 언젠가, 더 이상 걷기가 버거운 날이 있었다. 무리하며 일을 강행하다가 몸살이 난 것이었다. 다리는 불편해서 상처가 났고 땀이 흘렀다. 나는 병원으로 가는 대신 미용실을 택했다. 들어가 잠깐 쉬면 괜찮아지겠지 하는 생각이었지만, 앉아 있어도 몸은 나아지지 않았다. 원장님은 나를 보더니 얼굴이 발갛고 열이 나는 것 같다며 걱정을 했다. 내가 괜찮다며 잠깐 쉬면 된다고 하는데도 원장님은 잠시 자리를 비우더니 약을 지어 왔다. 원장님은 약을 건네며 방에 들어가 잠깐 눈을 붙이라 했다. 남의 집에서는 잠을 잘 자지 못하는 나는 거짓말처럼 약을 먹고 단잠에 빠져들었다. 잠에서 깨 보니 두 시간이나 지나 있었고, 몸도 마음도 가뿐했다. 세상은 따뜻했으며 그래도 살 만한 곳이었다.

한때 세상은 이기적이고 욕심으로만 가득하다고, 매정한 세상과는 화합하고 싶지 않다고 생각하며 살았지만 미용실 원장님을 만나고부터 꼭 그렇지만도 않다는 것을 알게 되었다. 덕분에 영업하며 칭찬을 듣기도 했고 자존감이 높아졌다. 과거의 어두웠던 면도 사라졌다.

## 해외여행은 처음이라

회사에서 시책이 걸렸다. 일정 목표를 달성하면 해외여행을 보내 준다는 것이었다. 나는 회사에서 주목받는 사람으로 성장해 있었고, 동료들은 내가 현장에 나가면 무조건 계약서를 들고 올 것이라 믿었다. 나는 평소에 하던 대로만 하면 어렵지 않게 이뤄낼 수 있을 거라 생각했다. 하지만 지금까지와는 달리 인위적으로 조건을 정해놓고 그 목표에 맞춰 일을 하려고 하니 오히려 부담이 되어 평소보다 일이 잘 되지 않았다. 그래서 해외여행은 일찌감치 포기하고 하던 대로 일에 매진했다. 나에게는 해외여행보다, 급여와 관련 있는 당장의 계약 건수가 중요했다.

그날도 배정받은 지역의 아파트 초인종을 누르기 시작했다. 한 동의 반을 돌도록 문은 열리지 않았다. 문을 열어 줘야 설명을 하며 잠깐이나마 앉을 수 있는데, 문이 열리지 않으니 쉴 수가 없었다. 다리가 아파 오기에 조금 쉬기 위해 아파트 꼭대기 층으로 향했다. 막 앉아서 쉬려고 하는 찰나, 한 아주머니가 나오더니 거기서 뭐하냐며 경계하는 눈빛으로 나가라고 했다. 위축된 나는 급히 일어나서 인사를 하고 도망치듯 그 자리를 떠났다.

하루 쉴까도 생각했지만 그럴 수는 없었다. 자신을 격려하며 마음을 다잡았다. 사치스러운 감상에 젖어 우울해할 시간이 없었다. 해야 할 일들이 너무 많았다. 언젠가는 이 고된 시간을 추억할 날이 올 것이라 생각하며 다시 걷기 시작했다. 나는 상대적으로 문이 열려 있는 곳이 많은 주택가로 발걸음을 돌렸다.

한 집의 현관문이 열려 있었다. 이런 상황에는 일단 들어가 보는 것이 좋다. 나는 열려 있는 현관문을 두드리며 "계세요?" 하고 물었다. 내 나이 또래의 여자 분이 나오며 "누구세요?" 했다. "아, 네. 저 학습지 상담교사인데요. 아이 있으면 한글 테스트해 드리려고요" 하며 현관문 안으로 들어갔다. 망설여서는 안 된다. 청소기를 돌리고 있던 집주인은 들어오라며 앉아서 쉬었다 가라고 했다. 반가운 마음에 얼른 들어가 이 얘기, 저 얘기를 나누었다.

여자 분은 남편을 출근시킨 뒤 청소를 하는 중이라 했

다. 일이 힘들지 않냐는 질문에 눈치를 보니, 내가 하고 있는 일에 관심이 있는 것 같았다. 나는 기꺼이 일에 대해 상세히 설명을 해주었다. 그러다 내가 받는 급여를 듣고는 여자 분의 눈빛이 반짝였다. 이때다 싶어 일을 같이 해보지 않겠느냐고 제안했다. 신규 상담교사 증원이 안 되어 해외여행이 걸린 시책을 포기하려고 하던 참이었다. 그런데 예상치도 못한 복이 굴러온 것이 아닌가.

때로는 무서울 정도로 행운이 따르기도 했다. 갑자기 세상이 달라 보였다. 계약 건수야 원래 많은 편이니, 한 사람만 증원하면 해외여행도 갈 수 있을 것 같았다. 사무실에 나와서 상담을 진행하기로 약속하고 그 집에서 점심까지 대접받고 나왔다.

결국 나는 해외여행 명단에 이름을 올리게 되었다. 우리 지부에서는 혼자였다. 난생 처음 가 보는 해외여행이었다. 일이 술술 잘 풀리는 느낌이었다. 어느새 여행 가는 날이 되었고 함께 떠나는 다른 직원들이 속속 공항에 도착했다. 여행사 직원으로부터 여행에 대한 주의 사항을 듣고, 타 지부 직원들과 인사를 나누는데 나를 보는 사람들의 눈빛에 당황스러움이 어려 있었다. 그중 한 사람이 나를 화장실로 이끌었다. 그러고는 나에게 혹시 가져온 다른 옷은 없냐며, 옷이 너무 불편해 보인다고 했다. 그제야 다들 편안한 차림새를 하고 있다는 것을 깨달았다. 나는 순간 민망해서 어찌할 바를 몰랐다. 다행히 챙겨 온 청바지와 점퍼가 있었다. 그 직원은 "다른 직원들 더 오기 전에 빨리 옷 갈아입어요"라며 도와주었다. 그 직원이 문득 나를 보며 "이거 무슨 옷이에요?" 하고 물었다. 해외여행이 처음이었던 나는, 해외에 나갈 때 최대한 좋은 옷을 입어야 하는 줄 알았다. 나는 약간은 겸연쩍게 대답했다.

"이거요? 이거 결혼 예복이에요."

## 팀장이라는 이름

회사에서 프로모션으로 보내줬던 해외여행을 다녀온 날에도 바로 일을 시작했다. 일주일을 다녀온 후라 피곤하긴 했지만, 일하지 않으면 생활비를 벌지 못하니까 열심히 뛰어야 했다. 그 결과 그 달 실적도 좋았다. 상사들도 좋아했다. 다들 나에게 좀 쉬라고 말하면서도 한편으로는 이런 나를 대견해 했다. 여행 후의 일까지 대비하여 미리 씨를 뿌려 두고 간 덕에, 그 후로도 두 명의 팀장을 배출시키는 쾌거를 이루었고 지부장 승진의 바로 전인 팀장으로 승진했다.

팀장이라는 이름을 얻고 보니 어깨가 무거웠다. 직원들 대부분은 돈을 벌지 않으면 안 되는 형편이었다. 그래서 영업이라는 어려운 일을 택했다는 것도 알고 있었다. 무거운 책임감을 느꼈다. 급여 중에 육아 수당, 출근 수당이라는 명목이 있는데 근태가 좋지 않거나 점수, 즉 계약 건수가 회사 규정에 미치지 못하면 그것들을 받을 수가 없었다. 그래서 부지런히 일을 하고 점수를 맞추어야 했다.

팀장이라는 직책에는 나의 팀에 속한 직원들 또한 돌보고 보호해야 하는 의무가 포함되어 있었다. 팀의 직원들이 육아 수당이나 출근 수당을 타지 못하는 일이 없도록 관리를 해 주어야 한다. 만약 직원들이 열심히 일을 했는데도 계약 건수가 모자랄 경우에는 직원들에게 내 계약 건수를 밀어 넣어 줘야 각종 수당들을 받게 할 수가 있었다. 내가 더 뛰지 않으면 안 됐다.

우리 팀은 물론이고 가끔은 옆 팀에서도 계약 건수를 빌려 가는 경우가 있었다. 속한 팀의 점수에 따라 팀장의 급여, 즉 나의 급여가 올라감에도 불구하고 계약 건수를 빌리는 팀장도 있었다. 빌려주고 싶지 않을 때도 있었지만 그럴 수가 없었다. 우리 팀이 아닐지라도, 아이들을 집이나 유아원에 맡기고 나온 직원들이 육아 수당을 받게 해주고 싶었다. 그렇게 나는 회사 내에서 조금씩 위치를 잡아가고 있었다. 주위 사람들도 나를 신뢰하고 도와주기 시작했다.

늘 혼자서만 1등을 했던 것은 아니었다. 가끔 자리를 내주기도 했지만 나는 승부 근성이 남달랐고, 돈을 벌어야 하는 이유가 다른 사람들보다 구체적이었다. 전국에서 1등을 하기란 결코 쉬운 일이 아니었지만, 결국 우리 지부가 전국에서도 1등 지부로 성장하게 되었다. 그때부터 내 이름은 회사 전체에서 회자되기 시작했다.

"달리는 말에 채찍을 가하라"는 말이 있다. 나는 나 자신을 혹독하게 관리했다. 쉬지 않아도 피곤한 줄을 모를 정도였다. 그렇게 하지 않고서는 집이랑 건물이 다 넘어가면서 남아 있는 빚과 남편 학비, 아이와 시어머니의 생활비를 감당하기 어려웠다. 그 즈음에는 다행히도 원하는 만큼의 급여를 받을 수 있었다. 영업은 하루만 마음이 흐트러져도 성과에 영향을 미치기 때문에 자기 관리에 무엇보다 엄격해야 한다. 달리고 또 달려야 했다. 때때로 동료나 직원들 사이에서 갈등도 있었지만, 그곳에 내 마음을 빼앗길 수가 없었다. 빨리 일어서고 싶었다. 지난날에 대한 보상이라도 받겠다는 듯 일을 해냈다. 아직은 시작에 불과했고 가야 할 길이 멀었다. 목표한 성과를 위해서 비바람이 불어와도 험한 파도가 밀려와도 개의치 않았다. 영업 성과를 내면서 넘어져도 다시 일어나는 용기와 배짱도 배웠다.

## 가능성을 믿고 기다려 주기

실패만 할 때는 두렵고 무서웠던 세상이었다. 무엇인가를 해내고 보니 어렵고 힘든 일만 있는 것은 아니라는 자신감이 생겼다. 행복했다. 성취감이 나를 살아가게 했다. 자만심에 빠지지 않을 만큼만 행복하자. 매달 목표 계약 건수를 세울 때도 항상 130% 이상으로 잡았다. 그렇게 목표를 잡아야 못 해내도 기존의 100%를 달성할 수 있기 때문이다. 직원들은 늘어났고 영업은 잘됐다.

직원 두 명을 팀장으로 만들면 지부장으로 승진을 하게 된다. 지부장이 되면 본사에서 정해주는 지역에서 팀장 둘, 그리고 두세 명의 직원들만 데리고 독자적으로 지부를 맡아 운영해야 한다. 나는 지부장이 되는 것을 목표로 두고, 우선은 팀장 역할에 충실하기로 마음먹었다.

그러다 우리 팀에 미혼인 아가씨 한 명이 입사를 했다. 특별하게도 영업을 한번 배워 보고 싶다는 아가씨라 신경이 쓰였다. 대부분의 상담 교사는 주부들이었고 회사 또한 미혼자보다 기혼자들을 선호했다. 하지만 그 미혼 직원은 열정이 많아 보였기 때문에 하면 될 것이라는 확신이 들었다. 하지만 동행 교육도 해 주고, 이론 교육 또한 다른 직원보다 더 많이 해줬는데도 실적이 나오지 않았다. 낯선 영업을 처음부터 잘 해내리라고는 생각하지 않았지만, 실적이 나오지 않자 본인도 힘들어 했고 나도 난감했다. 일이 잘 풀리지 않는 팀원에 대해서는 팀장이 일 대 일로 상담을 해서 개선책을 찾고, 그래도 발전이 없겠다 싶으면 정리를 해야 했다. 시간이 많이 흘렀는데도 실적이 나오지 않으면 회사 자체에서도 정리하라는 지시가 내려온다. 회사 입장에서는 출근 수당이 나가기 때문에 실적 없는 직원을 오래 기다려 주지 않았다. 퇴근 시간에 다른 직원들은 계약서를 한 장, 많게는 두세 장도 가지고 귀사를 하는데 그 직원만 며칠이고 계약을 하지 못했다.

나는 그 직원을 기다려 주었다. 이럴 때는 말없이 격려하고, 믿으며 기다려 주는 것이 최선책이다. 마음으로 안아 주며 다독여 주고, 잘될 거라고 한번 해 보자고 용기를 주었다. 무엇보다도 자신의 가능성을 믿도록 하는 것이다.

그렇게 일주일을 넘긴 어느 날 그 직원이 웃으면서 사무실로 들어왔다. 기분 좋은 일이 있는 것이 분명했다. 나 또한 아무 말도 하지 않고 웃으며 직원을 바라보았다. 그 직원은 내게 오더니 나를 와락 끌어안으며 눈물을 터트렸다.

"팀장님 저를 기다려 주셔서 감사해요. 팀장님이 말없이 기다려 주셔서 더 열심히 했어요. 오늘 드디어 해냈어요! 두 장이나 가져왔어요! 팀장님이 믿고 기다려 주신 거, 제가 알거든요. 그래서 더욱 힘을 냈어요."

직원은 나를 끌어안고 한참을 울었다. 얼마나 감동적이고 감사한지 덩달아 눈물이 났다. 내가 잘해서 성과를 많이 낸 것보다 더 행복했다. '그래, 이런 게 사는 맛이지.'

모든 일은 때가 있고, 때를 기다려야 이루어지는 것인가 보다. 하지만 대부분은 차분히 기다리지 못하고 내 생각대로 고집을 부리다가 일을 그르치고 만다. 이제 기다림이라는 단어를, 긍정과 더불어 마음에 새기기로 했다. 작은 일이었지만 묵묵히 믿고 기다려 주는 미덕으로 유능한 팀장이 된 것 같았다. 앞으로도 얼마나 많은 일들을, 또 많은 사람들을 기다려 주어야 하는지 모른다. 그러나 기다림을 배우려 한다. 삶이라는 망망한 바다 위에 작은 돛단배로 힘겹게 노 저어 가는 항해일지라도, 그 길을 포기하지 않고 뒤돌아보지도 않고 앞을 향해 나아갈 것이다.

## 지하철 2호선에서

회사에서 팀장 자격으로 직원 한 명을 불러 단단히 혼을 낸 적이 있었다. 어머니들에게 받은 교재비 중 1/3만 회사에 입금시키고 나머지는 본인이 유용한 일 때문이었다. 같은 일을 세 번째 저지른 직원이었다. 이전에 같은 일이 있었을 때, 얼마나 힘들면 그랬을까 싶어 알아서 돌려놓을 수 있도록 눈치를 주는 차원에서 마무리를 했던 것이 화근이었다. 반복적으로 이런 일이 생기다 보니 학부모가 본사로 연락을 했고, 직원의 그간의 행실이 백일하에 드러난 것이다. 횡령으로 처리될 가능성이 있어 일이 커질 상황이었다. 나의 팀원이 저지른 일이니, 자존심 하나로 버텨 온 내게 있어 이 사건은 매우 큰일이었다.

아침 조회를 마치자마자 직원을 불러 호되게 질책했

다. 직원은 남편의 학비가 밀려서 어쩔 수 없이 그랬다며 울면서 용서를 빌었다. 마음이 아팠다. 직원이 나간 후 혼자 울었다. 희망이라는 단어를 날마다 가슴에 새기며 일어나 보려고 하지만 쉬운 일이 아니었다. 그 직원도 아마 희망이라는 단어에 사로잡혀, 자기 자신은 아무래도 좋다고 생각한 게 아닌가 싶었다.

화가 났다. 그 직원의 남편에게 화가 났고, 그러다 내 남편에게도 화가 났다. 당시의 내 남편은 아내에게 기댄 자신의 무능을, 잘못 타고난 팔자 탓만 하는 것 같았다. 나는 늘 남편의 일을 적극적으로 도와야 했기 때문에, 남편이 하는 대학원 공부에 돈을 거의 쏟아 부어야 했다. 그 때 나는 할 수 있는 모든 것을 동원해 남편을 도왔다.

어쩌면 이렇게도 아내가 돈 버는 것에 대해 무뎌지는지, 어떻게 당연하다고 생각하는지. 견딜 수 없는 회의와 서글픈 감정들이 가슴을 쳐댔다. 참 힘든 하루였다. 내 삶을 비추는 듯한 그 직원의 삶을, 보고 있기가 힘들었다. 생각해 보면 그녀 또한 식사도 거르고 일할 때가 많았다. 얼굴은 밝지 못했고 그늘져 있었으며, 마음이 갈 곳을 잃은 돛단배처럼 큰 바다에 홀로 떠 있는 듯 보였다.

나는 아플 새도 없이 살았다. 나까지 무너지면 가정은 깨질 수밖에 없었으니까. 위태롭게 지키고 있는 가정이, 언제라도 무너질 수 있다는 불안이 나의 발걸음을 재촉하는 요인이 되었다. 내가 낳은 자식을 내가 힘들게 할 수도 있다는 가능성이 끔찍했다. 남편을 폐인으로 만들고 싶지도 않았다. 스스로 택한 결혼을 무책임하게 팽개칠 수도 없었다. 그래서 무너져 버리고 싶을 때마다 자신을 위로하며 걷고 또 걸었던 길이었다.

직원을 혼낸 다음 날, 나는 많이 아팠다. 발끝부터 저릿하게 저려 오더니 통증이 가슴을 거쳐 머리끝까지 몰려왔다. 이후 몸의 통증은 가슴팍을 파고들어 심장을 쳐댔다. 쿵쾅거리는 가슴을 진정시키려 하자, 알 수 없는 두려움이 발끝부터 차갑게 차올랐다. 그날은 이 길을 계속 가야 하는지에 대한 물음에 확신 있는 대답이 나오지 않았다.

출근한다고 집을 나섰지만 회사에 가지 않고 전철에 몸을 실었다. 막상 쉬기로 했지만 갈 곳이 없었다. 2호선을 타고 순환하는 전 노선을 다 돌았지만 여전히 갈 곳이 생각나지 않았다. 전철에 앉아서 생각하니 갈 곳 없는 나 자신이 불쌍했다. 하염없이 눈물이 흐르기 시작했다. 누구 하나 속마음을 털어놓을 사람도 없었다. 전날 혼냈던 직원과 나, 같은 길을 가는 우리 둘의 모습이 겹쳐지면서 마음이 아팠다. 처음이었다. 간단한 삶이 아니라는 것이 겁났다.

좀 더 현명하게 처신하지 못하고 직원을 나무란 내가

부끄러웠다. 이해 못할 처지도 아니었는데 그렇게까지 해야 했는지. 내 자신이 못나 보였다. 이런 생각을 하고 있는 내가 꼭 정신줄을 놓은 여자 같다는 생각이 들어 헛웃음이 나왔다. 나는 강한 여자로서, 강한 가장으로서 살아남아야 했다. 그 사실은 변함없을 것이다. 남편에게 기대는 존재가 아니고 남편이 나를 필요로 하는 사람으로 살아내자는 결심을 또 한번 했다. 평범한 삶을 살아갈 좋은 팔자는 아니라 하더라도 나만의 삶을 주어진 대로 살자 다짐했다. 평범한 삶은 사치다. 혹독한 겨울이 지나면 반드시 내게도 봄은 오겠지. 들꽃 같은 미소로 지난 일들을 추억할 때가 있겠지. 그런 생각을 하며 지하철 2호선을 나섰다.

## 마음의 문 열기

팀장에서 지부장으로 승진하려면 우리 팀에서 직원 두 명이 팀장으로 배출되어야 했다. 본사에서 직영으로 최소 50평 이상의 사무실을 얻어 주면 지부장은 팀장 둘, 그리고 각 팀장이 증원한 직원 한두 명씩을 데리고 지부를 운영해야 한다. 팀장으로 배출될 두 명은 진작 정해진 상태였고, 나는 지부 운영을 하려는 준비와 포부를 가지고 기다리던 중이었다.

하지만 일은 내 예상과 다르게 흘러갔다. 지부장 선배가 아직 자격을 갖추지 않은 직원 한 명을 나보다 먼저 입사했다는 명분 하나로, 나에게 아무런 상의나 언질도 없이 팀장으로 먼저 내보내려고 했던 것이다. 그래도 나는 선배 지부장의 의견을 받아들이기로 했다. 언제든지 지부장으로 나갈 만반의 준비를 끝내 놓은 상태였기 때문에, 조금 늦게 지부를 분할해서 나간들 어떠랴 싶었다. 거기까지는 괜찮았다. 그런데 사건이 일어났다. 그 순간의 기억은 아직까지 생생하다.

평소와 다름없는 월요일이었다. 선배 지부장의 계획에 따라 억지로 팀장 자리를 맡게 된 해당 직원이 지각을 했다. 시간에 쫓겨 부랴부랴 사무실에 들어서는 그 직원을 보고, 나는 축하하는 마음으로 "팀장님, 이제 오시는군요?" 하고 농담을 던졌다. 그것이 화근이었다. 그 직원도 떠밀려 팀장을 맡았다는 사실이 내심 불편한 상황에서, 나의 말 한마디가 직원의 자격지심에 불을 붙여 버린 것이었다. 그녀는 "팀장 자리는 생각도 없다"며 사무실 문을 박차고 나가 버렸다. 사무실 안의 싸늘한 시선들이 일제히 나를 향했다. 나는 당황했다. 내 마음은 그게 아니었는데……. 그러나 모두가 오해하고 있는 상황이었다. 그 직원은 성실했고 평소 예의도 바른 사람이었다. 나만 이상한 사람이 되어 있었다.

그 이튿날이었다. 상담 교사 중 목사 부인이 있었는데 평소에는 출근도 않다가 갑자기 나타나서 "사무실 안에서 찬송가를 부르자"며 "서로 간에 사랑 없이 어떻게 일을 하겠냐"고 분위기를 몰아갔다. 그 장단에 맞춘 몇몇이 노골적으로 나를 겨냥해서 조롱을 했다. 견딜 수 없는 모욕감이 들었다. 사람을 이렇게 매장시킬 수는 없는 일이었다.

결국 나는 회사를 그만두기로 결심했다. 지난날 내가 이루어 놓은 업적은 허사가 될 판이었다. 나는 내가 처음 입사했을 때 영업을 가르쳐 주었던 본사 부장님에게 전화를 걸어 사표를 내겠다고 말했다. 그동안 감사했다는 인사를 드리려는 의도였다. 그런데 부장님은 내 전화를 받자마자 이미 잡혀 있는 회의까지 불참하고 내가 소속된 지부로 달려오셨다. 그리고 나에게 자초지종을 물었다. 조용히 사표를 내려고 했던 나는 부장님이 자꾸 묻는 바람에 어쩔 수 없이 사건의 전말을 이야기했다. 내 말을 들은 부장님은 아무것도 결정하지 말고 조금만 기다려 달라고 했다. 하지만 나는 한 가정의 가장이었다. 마냥 기다려가며 쉴 수 있는 처지가 아니었다. 부장님은 그래도 절대로 사표는 수리할 수가 없다며, 자기를 믿고 조금만 기다려 달라고 부탁했다. 이후 회사는 문제를 따져보며 원칙에 위배된 사항을 지적했고, 나는 혹독한 대가를 치르고 나서야 지부장이 됐다.

지부가 분할을 하면 선배 지부장들이 날마다 후배 지부장을 돌보며 홀로서기를 도와주는 것이 상례였다. 하지만 선배 지부장은 세 달이 넘도록 내가 맡은 지부에 오지 않았다. 내가 공공의 적이 된 것이다. 그러나 묵묵히 할 일을 하며 열심히 직원들을 관리했다. 그리고 직원들이 열심히 해 준 결과, 지부를 맡아 운영한 지 두 달 만에 새로운 지부 중 최단 코스로 1등 지부가 되었다. 칭찬과 축하 전화가 많이 걸려왔고 나는 행복했다. 그때 축하한다는 전화 한 통도 없던 그 선배 지부장은 시간이 한참 지난 후에야 우리 지부를 방문했다. 많이 서운했지만 내색하지는 않았다. 시간이 오래 걸리긴 했어도 결국 선배 지부장은 내게 마음의 문을 열었다.

열리지 않던 그 문 앞에서 말없이 기다린 시간들을 생각하면 또 눈물이 쏟아지려 하지만 어쩌겠는가. 살다 보면 오해를 살 수도 있고 외면을 받을 수도 있는 것이다. 세상이 어떻게 돌아가든 나는 묵묵히 내 갈 길을 갔다. 오로지 집에 있는 가족들을 생각하며 버티고 또 버텼다.

## 진심으로 용서 구하기

내가 H교육의 팀장으로 재직했을 때, 같은 팀의 직원으로서 일을 잘했던 직원이 있었다. 어느 날 갑자기 한참 전에 그 직원이 했던 말이 생각났다. "팀장님은 솔직해서 참 좋긴 한데, 그 솔직함에 상대방이 받을 상처는 생각지 않아요?"라고 했다. 순간 할 말을 잃었다. 사실은 그 말을 듣고 뒤통수를 한 대 얻어맞은 기분이었다. 솔직하게 했던 말들이 다른 사람에게는 상처가 될 수 있겠다는 생각을 하니 아차 싶은 생각이 들었다. 맞는 말이라는 생각이 들었다.

객관적으로 본 나는, 솔직한 것이 아니라 걸러서 말하는 기술이 부족했다. 그리고 그런 무모한 습관이 남들에게는 이해하기 힘든 점일 수 있었다. 그 직원이 한 말은, 나의 약점을 정확하게 알려주는 것이었다. 예전에는 그것이 잘못된 일이라고 생각하지 않았다. 직원에게 잘못된 것을 바로잡아 주려는 의도로 한 말이었는데, 내 말을 들은 직원의 자존심이 상했던 것이다. 누구에게나 자존심은 중요하다. 남의 자존심을 상하게 해놓고, 신경 쓰지 않는 우를 범한 것이다. 직원에게 실수를 한 것 같아, 새삼 마음 한구석이 씁쓸했다. 살면서 어디 남에게 잘못한 것이 한두 가지겠는가만, 그 직원은 유난히 마음에 걸렸다. 꼭 용서를 구해야 할 것 같았다. 잊어버리고 살다가도 가끔씩 생각이 나면 큰 잘못을 한 것처럼 마음이 쑤셨다. 찾아가 이야기라도 한번 해보고 싶었다. 그 직원은 나이가 어리기도 했고, 좋지 않은 일로 H교육을 그만뒀기 때문에 더더욱 미안함이 있었다.

그 직원도 나처럼 남편을 돕기 위해 여자 가장으로서 영업을 하던 사람이었다. 밥도 제대로 먹지 못하면서 일하는 모습이 나를 보는 것 같아 마음이 좋지 않았었다. 마음을 쓴다고 썼지만 제대로 도와주지 못한 것이 마음에 걸렸다. 계속 같이 일을 했으면 하고 바랐지만, 직원은 회사를 그만둔다고 했다. 마음이 많이 상했던 것 같다. 회사를 그만둔 뒤로는 아무하고도 연락을 하지 않았다. 전화를 해도 받지 않았고, 전에 만났던 사람들과의 연락이 단절된 상태였다. 당시 그 직원이 집을 구할 때 내가 알아봐 주었던 터라 집을 알고 있었다. 집을 찾아가면 만날 수 있을 거라고 생각했다. 허사였다. 집으로 찾아가 봤지만 이미 이사를 가고 없었다. 집주인 말로는 이사 간 지가 한 달도 넘었다고 했다. 아무도 모르게 이사를 가버린 상태였다. 그 직원을 찾은 것은 언니 같은 마음으로 더 세심하게 도와주지 못했다는 아쉬움 때문이었다. 비슷한 처지에, 험한 세상이 녹록치 않다는 것을 알았기에, 만나서 이야기나 하며 미안했다고 용서를 구하고 싶었다. 그래야만 될 것 같았다. 수소문을 했지만 찾을 수가 없었다. 이미 회사를 그만둔 지 2~3년이 흐른 뒤였기 때문에 어디로 갔는지 아무도 아는 사람이 없었다.

그러다 그 직원과 친했던 우리 팀의 다른 직원이 떠올랐다. 그리고 친했던 직원에게서 그 직원의 전화번호를 알아낼 수 있었다. 막상 전화를 하려니 묘하게 자존심이 상하기도 하고 혼자 오버하는 것은 아닌가 하는 생각이 들기도 했다. 그러나 처음 마음을 저버리면 나중에 후회할지도 모른다는 생각이 들어 바로 수화기를 들었다. 벨이 몇 번 울린 뒤, 전화기 너머로 직원의 목소리가 들려왔다. 반가웠다. 망설였지만 전화하길 잘했다는 생각이 들었다. 그 직원에게 그때는 미안했다고, 내 마음을 꼭 전하고 싶었다고 말했다. 그 직원은 무슨 소리냐며 전혀 그런 마음 가질 필요 없다고 했다. 자기가 잘못해서 회사를 나갔던 것이라며, 지금은 더 좋은 직장을 구해서 형편이 좋아졌다고 했다.

그 말을 들으니 마음이 홀가분했다. 몇 년 묵은 체증이 싹 가시는 느낌이었다. 힘들게 미뤄 두던 숙제 하나를 해결한 것 같았다. 솔직하다는 명목으로 다른 사람에게 상처를 주는 일은 삼가야겠다고 다짐하는 계기도 되었다. 나는 한번 만나서 식사라도 하자고 제안했다. 사람들과 친하게 지내는 방법 중 하나가 밥을 같이 먹는 것이라는 얘기를 들어서였다. 그 직원은 내게 놀러 오라고 했다. 며칠 후에 만날 약속을 하고 전화를 끊었다. 소소한 것이지만 행복했다. 행복은 이런 것이구나 싶었다. 나와의 작은 싸움에서 이겼다는 성취감까지 들었다.

## 인생의 플러스 요인

며칠 뒤 만난 그 직원은 한눈에 보아도 잘됐구나 하는 생각이 들 정도였다. 전화 영업을 하는 강남의 회사에서 팀장을 하고 있었다. 다른 회사에 있다가 좋은 조건으로 제의를 받았다고 했다. 그 직원은 다짜고짜 자기가 하는 일을 한번 보라고 했다. 전화로 영업하는 것을 나에게 보여 주기 위해 굳이 회사로 오라고 했던 것이다. 신기했다. 내가 아는 영업은 밖으로 나가서 집이나 건물을 방문하고 물건을 보여 주며 판매하는 것이었는데, 앉아서 전화로 물건을 판매한다는 것이 신기하기만 했다.

소위 텔레마케팅이라는 것이었다. 나는 그때까지도 텔레마케팅이 무엇인지 잘 알지 못했다. 물건을 보여 주지 않고 사무실에 앉아 설명을 하면 사람들이 결제를 했다. 밖에서 돌아다니며 하는 영업이 힘에 부쳤던 나는, 앉아서 하는 영업이 부러웠다. 일을 지켜보니 금방 따라 할 수 있을 것 같았다. 그 직원은 일을 하느라 바빴다. 혼자서 많은 전화를 받아 가며 영업까지 해야 하니 정신없었다. 전화가 쏟아져 들어오니 받지 못하는 전화가 허다했다. 안타까워 받지 못하는 전화를 받아 주었다. 담당 직원이 통화 중이니 연락처와 이름을 메모해 두고, 통화가 끝나면 전화를 하겠다고 했다. 나의 통화 응대를 본 그 직원은 내게 잘한다고 칭찬하며, 전화를 받아 영업까지 해보라고 했다. 나는 그 직원이 일하는 것을 그대로 따라해 보았다. 몇 번의 시행착오를 거친 뒤, 구매가 성사되었다. 처음 해 보는 전화 영업인데 판매까지 이끌어 내다니 기분이 좋았다. 대면 영업도 쉽지 않은 일인데 전화상으로 고객들을 설득하고 물건을 판매하는 것이 신기했다.

한참 후에야 바빴던 일이 조금 한가해졌다. 그러더니 사실은 자기가 팀장인데 보다시피 직원이 필요하다 했다. 그러고는 내게 전화 영업을 해 보지 않겠냐며 권해 왔다. 나는 망설일 필요가 없었다. 늘 밖으로 나가서 해야 하는 영업이었는데, 사무실에 앉아서 한다는 것이 내게는 큰 혁신이었다. 나에게는 구세주 같은 일이었다. 다만 약간 마음에 걸리는 것은, 팀장 지위의 그 직원 아래에서 내가 평직원으로 일을 해야 한다는 점이었다. 전에는 내가 팀장이었는데 이제는 전세가 역전된 것이다. 그러나 자존심을 내세울 만큼 가벼이 여길 일이 아니었다. 나는 알았다 하며 간 날부터 일을 시작하게 되었다. 사장님께 먼저 인사를 하고 시작해야 했는데, 급하다 보니 일을 하다가 사장님께 인사를 하게 되는 해프닝이 벌어졌다. 그 영업은 신문 광고를 내서 유입되는 전화를 통해 영어 회화와 그 당시 유행하던 중국어, 일본어 회화 프로그램에 가입시키는 일이었다. 그 직원은 텔레마케팅으로 돈을 많이 벌었다 했다. 그도 그럴 것이 회화 프로그램은 불티나게 잘 팔렸다.

그렇게 출근을 하던 어느 날인가 그 직원이 사장님에게 불려갔다. 무슨 일인가 싶었다. 알고 보니 그 직원이 예전 H교육에서처럼 또 회원들에게 잘못을 저질렀던 것이다. 그 직원은 사장님이 사표를 쓰라고 했다고 나에게 말했다. 모처럼 좋은 일을 찾았다 싶었던 나는 실망했다. 그 직원이 회사를 그만두는 와중에 내가 남아서 일을 한다는 것은 의리상 못할 일이었다. 그래서 일을 그만두게 되었다. 전에 다니던 회사 는 이미 그만둔 상태였기 때문에 집에서 쉴 수밖에 없었다.

그러던 어느 날 모르는 번호로 전화 한 통이 걸려왔다. 그때는 모르는 전화가 와도 의심하지 않고 잘 받던 시절이었다. 수화기 너머의 사람은, 이전의 전화 영업 회사 사장님의 친구라며 자신을 소개했다. 영업을 잘했던 내 과업들을 들었다며, 같이 일을 하고 싶다고 했다. 그 직원이 그만둔 상태였기 때문에 가기가 좀 불편했다. 그래도 자꾸 나오라는 설득과 성화에 일단 나가 보기로 했다.

그렇게 앉아서 하는 영업을 시작하게 됐다. 그것도 좋은 조건의 지부장 직으로 제의를 받았다. 그곳에서도 열심히 한 결과, 급여 공무원 월급의 서너 배를 받았다. 내게는 맞춤옷 같은 일이었다. 아픈 다리를 걱정하며 일을 하지 않아도 되었고, 다른 영업보다 돈도 많이 벌 수 있었다.

그 직원에게 전에 했던 말에 대한 용서를 구하려고 했던 전화가, 나를 또 다른 영업의 세계로 이끌었다. 이런 것을 전화위복이라 하나 보다 싶었다. 용서를 구하려면 생각날 때 즉시 하는 것이 인생의 플러스 요인이라는 것도 알게 되었다. 언제나 용서하는 자세로 살아가며, 내가 용서를 구해야 할 일은 즉시 실행하는 삶이 되기를 소망해 본다.

## 일 잘하는 직원 옆에 앉기

전화 영업 초기의 일이었다. 대면 영업을 하다가 전화상으로만 제품을 판매하려니 익숙하지 않아서 처음에는 헤맸다. 그래도 오프라인 영업에 대한 경험이 있어 그런지 고객을 유치하는 데 오랜 시간이 걸리지는 않았다. 전화 영업의 매력을 알고 난 후 최고조로 영업력을 발휘할 수 있었던 때다. 영업에서 무엇보다도 가장 중요한 것은, 자신이 판매할 제품이나 서비스의 세부 사항을 정확히 파악하는 것이다. 영업하는 사람이 제품에 대한 자신감을 내비치지 않으면 고객들은 물건을 사려고 하지 않는다. 영업자가 자신감이 있어야, 고객들도 의심하지 않고 대가를 지불하는 것이다. 나에게는 대면 영업의 경험이 전화 영업이라는 신세계로 이끌어주는 디딤돌이 됐다.

일의 묘미를 알아갔다. 어떤 제품을 팔라 해도 잘 팔 수 있을 것 같았다. 자신감에 물이 올랐다는 표현이 맞았다. 어떤 것이든 제품의 성능을 보증할 수 있고, 거기에 고객의 니즈만 있으면 팔았다. 나조차도 사고 싶지 않은 물건이나 서비스는 제외다. 회사에서 부서장으로 일을 하며 전화 영업의 매력에 흠뻑 빠졌다.

호사다마라고 했던가. 그러다 회사 대표가 일부러 낸 부도로 직장을 잃게 되었다. 소문에 의하면 무책임하게 일부러 부도를 내고 회사 문을 닫았다고 했다. 일이 안정되어 가며 돈의 위력을 알아가고 있을 때쯤이라 타격이 컸다. 회사를 그만둬야 된다고 생각하니 암담했다.

직장을 잃고 망연자실하고 있을 때 지인의 소개로 온라인 서비스 회사에 입사를 하게 됐다. 회사는 그런대로 규모가 있는 중소기업이었다. 대표의 사업 운영 능력이 좋았다. 능력 있는 직원들을 유치하자는 의도를 가지고 매출의 경계선을 만들고, 상위 매출을 이뤄 내는 영업자들에게는 급여를 훨씬 많이 줬다. '다다익선' 급여 체계 방식의 능력제였다. 이러한 회사의 급여 지급 방식 덕에 일 잘하는 직원들이 많이 입사했다. 획기적인 직원 관리였다. 처음에는 직원들이 많지 않았으나 급여를 많이 준다는 소문이 돌기 시작하면서부터는 입사하는 직원들이 몰리기 시작했다. 얼마 지나지 않아서는 백여 명 가까이 함께 일했다. 그 당시 400~500만 원이 평균 급여였다. 일을 잘하지 못하는 직원들도 300여만 원 정도는 받았다.

같이 일하는 사람들 중 한 사람이라도 일을 열심히 하고 잘하면, 대다수의 직원들은 그 분위기에 따라 일을 잘할 수밖에 없다. 대표는 큰 매출을 위하여 일을 잘하는 직원들의 복지를 최고로 해주었다. 특히 인센티브를 많이 줬다. 어느 날인가 택시를 타고 회사에 출근하는데, 목적지로 회사 이름을 댔더니, "그 회사 돈 많이 번다는 회사 맞죠?" 하기도 했다. 그 정도로 획기적인 시스템을 도입하여 일을 시작한 회사였다. 전화 영업이 막 도입되던 때라 큰 이슈이기도 했다.

일을 잘한다는 칭찬을 들으며 열심히 일을 했다. 물론 이 일 또한 처음부터 수월했던 것은 아니었다. 입사 후 교육을 받을 때는 힘들었다. 오랫동안 목을 쓰며 일을 했던 탓에 목에 결절이 생겨서 치료를 받던 중이었다. 사장은 목이 잠겨서 일을 할 수 있겠느냐며 걱정을 했다. 죄송했지만 내심 반드시 해낼 수 있다는 자신감으로 충만해 있었다.

이전부터 영업하는 회사에 입사하면 항상 일을 잘하는 직원 옆에 앉게 해줄 것을 요청했다. 어디서든 일 잘하는 직원 옆에 앉으면 영업의 한 수를 배우게 된다. 그 직원과 똑같지는 않아도 비슷하게는 흉내를 낼 수가 있다. 이 방법은 틀린 적이 거의 없다. 일 잘하는 직원 옆에 앉아 일을 열심히 배운 결과 교육을 15일 정도 받았다. 말일까지 일할 시간이 많지 않았는데도 곧잘 했다. 일주일 정도 일을 했는데도 첫 달 급여가 200만 원이 넘었다. 두 번째 달은 좀 더 익숙해져서 500여만 원이 되었다.

일이 익숙해질 때쯤 내가 일하던 사무실에 잠깐 들른 회사 대표가 나에게 일을 잘한다며, 남편이 좋아하겠다고 칭찬을 했다. 500여만 원이 작은 돈은 아니었으나 나보다 잘하는 사람이 있었다. 내 성격상 일로써 남보다 뒤지는 것은 허용할 수 없었다. 일에 대한 욕심은 누구 못지않게 많았기 때문에, 그 급여로 만족할 수 없었다. 잘하는 직원을 따라잡기 위해서 더욱 열심히 했다. 나의 능력에, 그 직원의 노하우를 더해 일을 하다 보니 세 번째 달에는 1,000여만 원 가까운 돈을 벌 수 있었다. 얼마 지나지 않아 나의 능력을 인정받았고, 누구에게도 일을 방해받지 않을 수 있는 구석 자리로 배치되었다.

출근 시간 이후, 나는 회사의 누구보다도 제일 먼저 일을 시작했다. 전화 통화 수에 성패가 달려 있다. 한 통이라도 전화를 먼저, 많이 하는 것이 일을 잘하는 비결이었다. 영업이 체질인 양 성취감을 느끼며 행복하게 일을 했다. 열심히 할수록 돈을 더 많이 벌 수 있는 것이 전화 영업이었다. 나는 일을 제일 잘하는 사람을 제외하고, 100여 명 중 두 번째로 급여가 많았다.

하는 말은 거의 비슷한데 왜 본인은 계약이 나오지 않는지 모르겠다며 다른 직원들도 나를 부러워했다. 자신감이 최고조로 올라가고 있었다.

# 위기는 기회다

처음 접해 보는 전화 영업은 재미있었다. 게다가 부서장 자격으로 하는 일이었다. 겨울이든, 여름이든, 날씨가 좋든, 궂든, 밖에서만 해오던 영업을 사무실에 편히 앉아서 하다 보니 다른 세상에 온 것 같았다. 지금이야 많은 업체에서 도입하고 있는 방식이지만, 그때만 해도 전화 영업은 생소한 일이었다. 고객을 직접 만나던 오프라인 영업과는 또 다른 성취감이 자신감을 배가시켰다. 영업의 세계에서는 급여를 얼마나 받느냐에 따라 회사에서의 위치가 바뀌기도 한다. 충분한 대가를 받음으로써 마음의 여유도 생겼다.

신문 광고 마케팅을 통해 확보한 고객 DB로 하는 영업이기 때문에, 고객이 원하는 부분을 고지하며 확신에 찬 목소리로 신뢰를 주기만 하면 고객들을 설득할 수 있었다.

고객의 입장에 서서 가장 가려운 부분을 파악하고, 그 부분을 긁어 주며 안심시키면 사람들은 순순히 결제를 했다. 처음에는 고객 얼굴을 보지 않고 영업을 어떻게 할까 걱정이 되기도 했지만, 하다 보니 대면 영업보다 능률이 훨씬 잘 올랐다.

신문 광고가 나가는 날은 일찍부터 밤늦게까지 일을 해야 했다. 새벽부터 들어오는 DB를 하나라도 더 받으려면 직원들도 일찍 출근을 해야만 했다. 한 개의 DB도 소홀히 할 수가 없었다. 어떤 날은 모두 소화해 내지 못할 만큼 고객 리스트가 많았고, 어떤 날은 광고 대비 고객 리스트가 적어 매출이 원하는 만큼 나오지 않아 스트레스를 받기도 했다. 그러나 해야 한다는 신념이 있어 열심히 했다. 영업을 시작하고 처음으로 꾸준히 저축도 할 수 있었다. 그동안은 월급을 아무리 많이 받아도 나가는 돈이 많아 늘 마이너스 인생이었지만 조금씩 저축을 할 만큼 안정적인 수익이 들어왔다.

부서장으로서 한 부서를 맡아, 영업과 10~20명의 직원 관리를 동시에 해야 했기에 체력적으로 힘들었지만 돈만 좇을 수는 없었다. 직원들을 잘 관리하는 일도 중요했다. 영업 수완이 좋은 편이라, 개인 실적이 없는 직원들에게는 직접 오더를 해주기도 했다. 누구를 편애한다는 둥,

누구만 오더를 해 준다는 등 여기서 발생하는 오해들도 있었다. 하지만 그 모든 일에 신경을 쓰다 보면 중요한 영업을 놓치는 경우가 있어 대수롭지 않게 여겼다. 작은 일에 내 에너지를 빼앗기지 않는 것이 내 성격이기도 했다. 전체를 보는 눈으로 직원들을 관리하지 않으면 원하는 만큼의 매출을 얻을 수 없다.

일을 하며 곤란했던 적은 내 급여를 직원들이 알아버렸을 때였다. 광고가 나가던 날이었다. 아침 6시쯤 출근해서 보니 한 직원이 화가 난 듯 입을 쭉 내밀고 있었다. 또 남편하고 다퉜겠거니 하고 무슨 일인지 묻지 않았다. 그런데 조금 있다가 그 직원이 나에게 다가오더니 "난 부장님 월급 알아요" 하고 이야기했다. 그러고는 기분 나쁘다는 투로 자기 남편 월급의 몇 배를 받는 거냐며 중얼거렸다. 내 월급을 알게 된 그 직원은 나에게 짜증을 내는 듯했다. 당황스러웠다. 영업에서는 월급 차이가 많이 나는 관리자와 직원들 간의 괴리감이 생기는 것을 염려하여, 부서장 월급은 공개하지 않는 것이 철칙이다. 그래서 나 또한 직원들이 내 급여 명세서를 보지 못하도록 철저히 관리를 했었다. 이런 상황에서는 설명을 할 필요가 없다. 말없이 지나가도 되는 일이다. 이후 그 직원은 의욕을 잃었는지 열심히 하지 않고 불만이 많아지기 시작하더니, 결국 일을 그만두었다. 그 후로 직원들이 내 말을 잘 듣지 않는 것 같은 느낌을 받았다. 그렇게 직원들의 마음이 조금씩 떠나가는 줄도 모르고 있었다.

그러던 와중에 또 한 가지 일이 생겼다. 부서장들 관리는 상무님이 맡아서 했는데 명절이나 급여를 타는 날은 상무님께 상납이 있었다고 했다. 이런 식으로 부서장으로서 상무님께 잘 보이면, 광고 집행 등 해당 부서의 일을 유리하게 해줬다는 후문이다. 나는 그때도 그렇지만 지금도 마냥 열심히만 하면 된다는 긍정적인 생각을 가지고 있어, 억지로 누구에게 잘 보이기 위한 행동은 하지 못한다. 물론 사회생활에 있어서 약간의 타협도 필요할 수는 있지만 순전히 내 마음에서 우러나오는 것이 아니라면 필요성을 느끼지 못했다. 그러니 상무님 눈 밖에 나고 말았다.

어느 날 다른 부서장으로부터 전화 한 통을 받았다. 상납을 하지 않는 나를 밉게 본 상무가 내 부서의 직원들에게 나의 일거수일투족을 보고 받으며 나를 회사에서 밀어내려고 한다고 했다. 아니나 다를까 상무님은, 대표님이 기획하고 있는 다른 콘텐츠 사업이 있는데 나에게 그 부서에 가서 일해 보라고 했다. 나는 단호하게 거절했다. 이제 막 시작 단계인 그 부서로 가라는 말은 일을 그만두라는 것과 같다고 생각했다. 어찌 됐든 나는 대표님께 사표를 냈고,

사표는 수리가 되었다.

그 후로는 한동안 사람을 믿지 못하는 스트레스에 시달리기도 했다. 그리고 확실하지 않은 이야기는 누구에게도 하지 않는 습관을 가지게 되었다. 하지만 얼마 지나지 않아 훨씬 좋은 조건의 회사로부터 러브콜을 받았다. 위기는 기회다. 화가 변해서 복이 된 것이다. 지금까지 나를 지탱해 온 한 가지 사실은 '언제나 부정은 긍정을 몰고 온다'는 것이다. 말과 생각의 긍정을 통해 위기를 기회로 바꾸는 기술을 터득하게 되었다.

## 눈앞의 이익에 사람을 잃지 않기

회사의 총무과 직원들과 갈등이 있었다. 고객이 계약 취소를 요청해 왔는데, 총무과에서 이 핑계 저 핑계를 대며 취소해 주지 않았다. 취소를 해주지 않으면 급여에 도움이 된다. 하지만 그것은 단기적인 이익에 불과했다. 그런 영업 방식은 오래가지 못한다. 고객이 원하는 대로 해주지 않으면, 판매 직원에게 불만 전화를 계속하게 되고 오히려 일에 방해를 받는다. 그러니 고객의 단순 변심만 아니면 깔끔하게 취소 요청을 들어주는 것이 일의 능률에 더 도움이 되었다. 고객 관리보다 계약 건수에 더 신경 쓰기 때문에, 취소 자체를 싫어하는 총무과에서는 고객에게 핑계만 대기 일쑤였다. 내가 나서서 취소 요청을 했다가 오히려 기분 나쁜 소리를 듣기도 했다. 일이나 잘하지 왜 취소를 신경 쓰냐고 했다. 내가 원하는 영업 방식이 아니다 보니 갈등만 깊어졌다. 그래서 내 급여에서 마이너스로 위약금을 처리하고 고객의 취소 요청을 들어주고는 했다. 회사의 규정이라 어쩔 수 없었다. 고객과 실랑이를 하는 것보다 내게는 차라리 그 방법이 더 나았다.

그러던 차에 회사 대표가 사기 사건으로 구속을 당했다. 정확한 사건의 내막은 알지 못했다. 당시 나를 포함한 직원들의 3분의 2 정도는 바로 회사에 사표를 냈다. 다시 실업자가 되었지만 오히려 마음은 편했다. 나의 영업 방식과는 상이한 회사 규정 때문에 갈등이 심하던 차였다.

사람 간의 관계는 중요하다. 당장의 내 이익만 생각하고 남을 희생시키는 일은 지양해야 한다. 좁은 생각과 눈앞의 이익 때문에 사람을 잃을 수 있다는 것을 잘 알고 있었다. 눈앞에 보이는 이익을 위해서 다른 사람의 의견은 무시해 버리는 일들이 어디 영업뿐이겠는가? 모든 사람 관계가 그럴 수 있다고 생각한다. 짧은 행복이었지만 많은 교훈을 얻었다. 남에게는 너그럽게, 나에게는 혹독하게 채찍질하며 살기로 다짐해 본다. 나 또한 돈을 좇다가 나도 모르게 남에게 상처를 주는 일이 있었을 것이다. 부수적일 수 있는 돈 때문에 중요한 사람을 잃는 일은 하지 않기를.

제4장

# 길을 내며 걷기

## 주는 것만으로도 행복하기

따지고 보면, 나는 사람들에게 준 것보다 받은 것이 더 많다. 사랑도 받아 본 사람만이 줄 줄 안다고 했던가. 내가 아는 모든 사람들에게 우리는 넘칠 만큼 많이 받았다.

사업 실패 후 줄곧 힘든 길을 걸어 왔던 터라, 누구보다도 가난한 이들의 마음을 잘 안다고 생각한다. 누군가 배고파 하면 우리 부부는 못 견뎠다. '오죽하면 끼니를 걱정할까' 싶은 마음에서다. 인근에 배고픈 사람이 없게 해달라는 기도를 해오던 터라, 배고픈 사람이 있다면 먹던 쌀이라도 얼마든지 나누고 싶은 마음이었다. 우리가 비록 부자는 아니었지만 나누고자 하는 마음만은 부자라고 할 만큼 주는 것을 좋아한다. 주고 싶은 마음은 굴뚝같은데 없어서 못 주는 경우가 더 많았다. 어떤 사람들은, 본인들이 더 가난하면서 무슨 남을 돕겠다고 하는지 모르겠다며 우리를 이상하게 보기도 했다. 그러나 사랑을 실천하고자 한다면서 나만 먹으면 안 된다는 생각은 그때나 지금이나 같다. 푼수 없다는 얘기도 들어 가며 남에게 주기도 했다.

남편 지인으로 오랫동안 친하게 지내던 부부가 있었다. 어려울 때 서로 돕고 기쁠 때 기쁨도 같이 나누는 동료라고 생각했다. 그들도 우리와 같은 마음을 지니고 있다고 믿었다. 오랫동안 가난했지만, 우리가 해야 할 일은 가난한 사람들과 나누는 것이라는 생각을 가지고 살았다. 나누는 기쁨이 얼마나 큰 행복인지 알았다. 우리는 고기를 좋아하는 그 부부가 오면 고기를 준비했고, 집으로 갈 때 싸 줄 고기까지 준비를 해놓곤 했다. 잘 먹는 모습을 보면 행복했고, 작은 것이지만 나눌 수 있음에 감사했다. 그 부부도 우리에게 잘 대해 주었다. 언제나 든든한 동료라고, 무엇이든 주고 싶은 사람들이라 생각하며 살았다.

그러던 어느 날 급박하게 돈이 필요했다. 있는 돈을 탈탈 털고 다 뒤져서 모아 봐도 몇 십만 원이 모자랐다. 매번 친정 언니에게 손을 벌리는 것도 미안해서 이번에는 남편에게 부탁했다. 남편은 의심하지 않고 그 부부에게 전화를 걸어, 일주일만 쓰고 갚겠다며 돈을 빌려 달라고 했다. 일주일 후면 급여가 나와 해결할 수 있었다. 남편의 부탁을 들은 그들은 일 초도 고민하지 않고 단박에 빌려줄 돈이 없다고 했다. 우리는 '정말 돈이 없나 보다'고 생각했다. 하지만 우리 사이에, 그냥 달라고 한 것도 아니고 일주일만 빌려 달라는데 단번에 거절당한 것이 서운했다. 게다가 한참 후에서야 그 부부에게 당시 돈이 있었다는 것을 알게 되었다. 당시 상황을 알고 나서는 충격을 받았다. 친했다는 생각은 지극히 개인적이고 주관적인 생각이었을까. 마음이 씁쓸했다.

물론 돌려받을 생각으로 그동안 챙겨 준 것은 아니었다. 우리가 주고 싶은 마음에 준 것이다. 시간이 흐른 뒤에 생각해 보니 내가 어리석었다. 서운함은 나 혼자만의 감정이었다. 나만 느꼈던 감정이니, 내가 잊으면 되는 것이다. 주면 받을 생각을 하지 말아야 한다는 기본을 잊고 있었다. 내가 줬으니 당연히 받을 것을 예상했던 나 자신이 부끄러웠다.

가난한 이들을 도우면 하늘이 갚아 준다는 말이 있다. 그 말을 다시 한번 마음속에 새겨 본다. 사랑은 받는 것이 아니고 주는 것이라고. 누구에게든 뭔가를 나누고 준다는 것은 행복한 일이다. 줄 때의 행복으로 보상은 다 받은 것이다. 주었다고 해서 돌려받아야 한다는 생각은 하지 않기로 했다. 주는 것만으로도 행복하기로 했다.

## 가보지 않은 길 1

20대 때 친구가 내게 산에 올라 보지 않겠냐고 제안한 적이 있었다. 할 수 있을 것 같다는 생각에 선뜻 그러자고 했다. 산에 올라, 20대의 어지러운 마음을 정리하자 싶었다. 북한산을 등반하기로 했다. 초겨울이라 날씨는 쌀쌀했고, 눈이 왔던 길이라 약간 미끄러웠다. 그래도 산 정상에 오르면 큰 성취감을 얻을 수 있을 것 같았다.

입구까지는 그런대로 오를 만했다. 그런데 조금씩 힘에 부치기 시작했다. 조금만 더 힘을 내서 올라가 보자는 친구의 말에 힘을 내 보았다. 하지만 산은 오를수록 험난해지기만 했고 힘들었다. 설상가상으로 길까지 미끄러워, 가기 싫다는 생각이 들었다. '꼭 산 정상에 올라야 성취감을 느끼는 것은 아닐 텐데…….' 하며 핑계를 대고 싶어졌다.

그렇게 가다 쉬고, 가다 쉬기를 반복했다.

하지만 친구는 단호했다. 마치 산 정상에서 나에게 할 말이 있는 사람처럼 나를 이끌었다. 힘들었던 나는 핑계를 대며 중간쯤에서 살짝 빠져야겠다고 생각했다. 잡고 있던 손을 슬그머니 빼고는, 더 이상은 올라가지 못할 것 같다며 이쯤에서 다시 내려가겠다고 했다. 내 말을 들은 친구의 얼굴이 실망으로 어두워졌다. 내게 산 정상을 한번 보여 주고 싶다는 친구의 우정을 저버리고 말았다. 순수한 열정으로 시작했던 등산은 거기까지가 끝이었다.

그 후로도 산에 오를 생각조차 하지 않았다. 올라가지 못할 것이라는 고정관념으로 아예 포기하고 말았다. 부정의 끝이 포기라는 것을, 이론으로는 알았지만 어쩔 수 없다 싶었다. 하지만 나이가 들고 보니, 그 친구가 이끌어 줬을 때 산 정상까지 올라가 보지 못한 것이 후회가 됐다.

산꼭대기에 올라가면 어떤 느낌인지, 아직도 나는 알지 못한다. 해 보고 싶다는 이유로, 모든 일을 무리하게 하겠다는 말은 아니다. 그러나 어떤 일도 다리 때문에 하지 못한다는 핑계는 버리고 싶다. 가 보지 않은 길에 대한 아쉬움, 친구가 우정으로 이끌어 줬던 길. 같이 가지 않으면 후회할 것 같다던 그 친구는 멀리 떠난 후다. 내 손을 잡고 산으로 이끌던 따스하던 손길을 떠올려 본다. 누구도 같이 가자고 하지 않았던 등산이다.

등산이란 멀고 험한 인생길과 비슷할 것 같다는 생각이 든다. 험난하겠지만 언젠가는 올라가 보리라 다짐해 본다. 산 정상에 오르고 나면 가슴이 뻥 뚫릴 것 같다. 멈출 수 없는 인생. 끝까지 가보고 싶다. 등산하는 마음으로, 내게 전해 주고 싶었던 친구의 마음과 함께.

## 도둑님이 알려 준 것

우리 부부는 새벽 기도를 가느라 딸이 자는 모습을 보며 일찍 집을 나섰다. 예배를 드리고 남편은 기도를 더 하느라 교회에 남고, 나는 딸아이를 등교시키고 출근도 해야 해서 혼자 교회를 나섰다.

집에 돌아와 방에 들어갔는데 느낌이 이상했다. 장롱문이 모조리 열려 있고, 옷들이 바닥에 널브러져 있었다. 순간 가슴이 쿵 하고 내려앉았다. 딸아이가 무사한 것부터 확인하려고 딸아이 방으로 뛰어가 봤다. 다행히도 딸은 곤히 자고 있었다. 얼마나 가슴이 쿵쾅댔는지 하마터면 쓰러질 뻔했다.

뛰는 가슴을 억누르며 침대 시트 밑에 숨겨 두었던 지갑을 열어 보니, 넣어 두었던 10여만 원이 없었다. 지갑의

돈이 사라졌다는 사실보다, 아이가 무사하다는 것이 얼마나 감사했는지 모른다. 도둑이 감사하다고 느껴본 적은 처음이었다. 우리 집에 왔던 도둑이 옆에 있다면 절이라도 하고 싶은 심정이었다. 혹시라도 아이가 기척을 느끼고 방에서 나왔더라면 어땠을까 생각하니 아찔했다. 딸은 안전했다. 가슴을 쓸어내리는 것으로 대가를 치렀다.

마음을 추스르고 경찰에 신고를 했다. 출동 신고를 받고 도착한 경찰은 집 구석구석을 살폈다. 주방으로 난 창문에 발자국이 나 있었다. 문단속을 철저히 하지 못했다. 그때는 얼마나 두려움이 밀려오는지, 당장이라도 이사를 가고 싶었다. 나중에라도 또 표적이 된다면 어쩌나 하는 생각으로 한농안 불안했다. 하지만 이사가 그렇게 쉬운 일이 아니라서 문단속을 철저히 하는 것으로 그 일을 종결지었다. 그 뒤로 몇 주일은 새벽 기도에 아이를 데리고 가고는 했다. 이후 몇 년 동안이나 마음이 불안해 밖에 나갈 때도 늘 걱정을 지울 수가 없었다. 그렇게 시간이 흘러 도둑에 대해서는 까마득히 잊어버리고 살 때쯤 다시 한번 도둑님이 방문하는 사건이 있었다.

매일 주차하던 곳에 차를 대고 집에 들어갔다. 다음 날, 새벽 기도 때문에 또 일찍 나갔는데 차가 있어야 할 곳에 없었다. 혹시 착각했나 싶어 여기저기 다 찾아 봤지만 차는 보이지 않았다. 일단 급한 마음에 택시를 불러 타고 교회를 다녀왔다. 그리고 무인 카메라가 설치되어 있던 인근 자동차 공업사로 가서, 차를 가져간 도둑이 찍혀 있는지 봐 달라고 부탁했다. 아니나 다를까 무인 카메라에 도둑께서 우리 차 문을 연 뒤, 차를 끌고 가는 것이 찍혀 있었다. 쓸 만한 좋은 차도, 새 차도 아닌 낡은 차까지 훔쳐 간다는 생각을 하니 놀랍기도 하고 황망하여 할 말을 잃었다. 경찰에 신고를 하고 기다려 보기로 했다. 그동안 택시를 타고 새벽 기도를 다녔다.

약 10일 정도 흘렀을까, 경찰한테 연락이 왔다. 차가 버려진 곳을 발견했다는 것이다. 부랴부랴 그곳으로 가 보니 문짝이 다 나간 우리 차가 서 있었다. 그렇지 않아도 낡은 차가 더 쓸모없이 되어 버렸다. 차는 더 이상 쓸 수 없을 지경이었다. 원래도 폐차를 해야 하는 차였다. 끌고 갔다가 더 이상 쓸모가 없어지니 버리고 갔던 것이다. 도둑도 참, 하필이면 이런 낡은 차를 끌고 갔을까 생각하니 웃음이 나왔다. 그리고 차를 경찰서 인근에 버려두고 간 것이 감사했다. 먼 곳에 있었다면 견인 비용이 더 들어갔을 것이다. 그것마저도 감사했다.

또 한번은 쌀 한 부대를 도둑맞았다. 집에 뜯지도 않은 쌀 한 부대가 있었다. 어느 날 밥을 하려고 쌀을 아무리 찾아 봐도 보이지 않았다. 방을 아무리 뒤져도 가져갈 것이 없으니 쌀만 한 부대 들고 간 것이었다. 오히려 마음이 편했다. 오죽하면 쌀을 들고 갔을까 생각했다. 남편 또한 오죽하면 그랬겠느냐며, 우리보다 더 가난한 사람이 가져간 것이니 밥이나 잘해 먹었으면 좋겠다고 했다.

도둑에게 감사한다는 것은 어쩌면 어불성설이다. 없어진 것에 대한 아쉬움 때문이 아니라, 남겨 준 교훈에 대한 감사함이 남았다. 사람들은 이미 없어졌거나 떠나 버린 것들을 아쉬워한다. 아직 내 손에 남아 있는 것에 대해서는 소홀히 생각할 수 있다. 하지만 생각해 보면 소홀히 해도 되는 것, 당연시해도 되는 것은 아무것도 없다.

언제나 귀한 것들은 곁에 남아 있다는 것을 잊지 않아야겠다.

# 가보지 않은 길 2

문득 넓은 목욕탕 속에 들어가 따끈한 온수에 몸을 담그고 싶다는 생각이 들었다. 해보지 못한 것에 대한 동경이랄까. 엄마나 언니, 동생은 왜 대중목욕탕에 갈 때 나에게는 같이 가자는 말을 하지 않을까. 내심 서운했지만 끝내 나도 따라가겠다는 말은 하지 못했다. 혹시라도 내가 부끄러워 데려가지 않았을 수도 있다는 생각에서였다. 목욕탕에는 의족을 끼고 들어갈 수 없으니 의족을 빼놓고 들어가야 한다. 그러면 못난 모습을 보여 주는 꼴이 되니 싫기도 했다. 자격지심이다.

한편으로는 훌훌 세상 때를 벗기고도 싶었다. 따끈한 온수에 몸을 담그면 모든 상념이 녹아내릴 것만 같았다. 찌꺼기로 얼룩진 마음을 깨끗하게 씻어 버리고 나올 수 있을 것도 같았다. 이때까지 하지 못했던 것들, 도전해 보고 싶었던 것들을 한 가지씩 해보리라 마음을 먹었다. 마음을 먹고도 대중목욕탕에 가는 것만은 쉽지 않았다. 많은 용기가 필요했다. 감히 누구에게도 같이 가자는 말을 꺼내지 못했다.

결혼 후 아이가 어렸을 때다. 어린 딸에게 "엄마랑 같이 목욕탕 갈까?" 했더니, 어린 딸은 흔쾌히 "응, 같이 가. 엄마"하고 대답했다. 새벽에 가면 사람들이 많지 않을 것이라 생각했다. 따끈한 온수에 얼마든지 몸을 담가볼 수 있겠다는 생각이 들었다. 그렇게 아직 부끄러움을 모르던 네 살 어린 딸을 데리고 대중목욕탕을 갔다. 어린 딸은 의족에 대한 개념을 아직 알지 못했다. 그저 엄마랑 같이 있을 수 있다는 생각에 좋아하는 딸을 보며, 혹시라도 엄마의 모습이 상처가 될까 봐 걱정이 되기는 했다. 그래도 감행해 보기로 했다. 어린 것은 순하게 엄마의 목욕탕에 동행해 준 것은 물론, 엄마가 빼서 가방에 넣은 의족을 개인 사물함에 넣고 열쇠를 잠그고 오라는 것까지 해 주었다. 목욕을 마치고 의족을 가져다 달라는 것까지 얼마나 예쁘게 잘하는지 기특해서, 마음은 기쁘지만 속으로는 눈물이 났다.

한번 가 보았기 때문에, 이후 대중목욕탕에는 쉽게 갈 수 있을 것 같다는 자신감이 생겼다. 부끄러운 일이 아니라는 생각으로 무장했다. 사람들의 시선은 염두에 두지 않으리라고 마음먹었다. 스스로에게 세뇌 교육을 한 것이다. 그래도 두 번째부터는 어린 딸이 혹시라도 수치심을 느낄까 봐 용기 내어 혼자서 갔다. 시작은 엄두가 나지 않았던 일이지만, 자주 가게 되니 겁날 것도 부끄러울 것도 없었다. 어느 날엔가 나처럼 새벽에 목욕탕에 온 어르신 한 분이 나를 보더니 등을 밀어준다고 했다. 한사코 괜찮다고 했지만, 어르신은 서로 밀어주면 되지 않겠느냐며 아무렇지도 않게 대해 주었다. 알고 보니 어르신도 장애가 조금 있는 분이었다. 본인은 손에 장애가 있다고 했다. 잘 보이지 않아서 사람들의 시선이 머물지 않는다고 했다. 그러면서 젊은이도 사람들의 시선을 의식하지 말라고 했다. 자신이 떳떳해야 남들도 의식을 하지 않는다는 것이다. 가만히 생각해 보니, 죄지은 것도 아닌데 죄인처럼 숨어서 쭈뼛거렸던 내가 오히려 부끄러웠다.

누구도 장애인이라는 이유로 남을 흉보지 않는다. 혼자만의 생각에서 벗어나야 한다. 진짜 부끄러움은 장애를 장애로 인정하고 싶지 않은 알량한 자존심이다. 언제 완전히 버릴 수 있을지 모르겠지만, 자격지심에서 완전히 벗어나는 날까지 용기를 내며 가보지 않은 길을 가보려 한다.

## 강연자 양숙 씨!

한참 H교육에서 상담 교사로 주가를 올리던 시절, 아침 조회가 끝난 후 영업을 위해 현장에 나갈 준비를 하고 있던 어느 날이었다. 본사와 통화를 하는 듯한 지부장님의 목소리가 들렸다.

"무슨 소리예요? 왜 그 사람이 사례 발표를 해요? 발표는 당연히 장양숙이죠."

뜻하지 않게 들려온 내 이름에, 나는 고개를 돌려 지부장님을 바라보았다. 전경련 회관에서 예정된 창립기념일 행사에서 사례 발표가 있었는데, 당시 일등을 하던 우리 지부에서 가장 일을 잘하던 내가 빠진 것이 문제의 발단이었다. 지부장은 발표 자리에 나를 세우기 위해 수화기를 붙들고 침이 튀도록 열심히 상대를 설득했다. 전화가 끝난 후 씩씩거리며 자리로 돌아온 지부장님이 나에게 승자의 미소를 보이며 사례 발표 준비를 하라고 했다. 회사의 전 스태프는 물론이고 전국의 직원들이 모이는 자리였다. 대표이사를 비롯한 중역들이 한자리에 참석하는데도, 난 큰 의미를 두지 않고 발표를 준비했다. 있는 그대로를 전하면 될 것이라 생각했다.

수백 명이 모이는 자리였음에도 불구하고 전혀 떨리지 않았다. 사람으로 단련된 결과인 듯했다. 이윽고 내 순서가 찾아왔다. 단상에 오른 나는 청중을 향해 내 이름 석 자를 크게 외쳤다. 누구든지 다 들릴 정도로 크게. 그리고 나의 삶을 있는 그대로 풀어놓았다. 입사하게 된 동기, 회사에서 교육받던 일, 아무것도 모르고 입사했다가 영업직인 것을 알고 나서도 열심히 일했던 것, 집집마다 방문해서 개척했던 일……. 한참 이야기를 하는데 여기저기서 훌쩍거리는 사람들이 눈에 들어왔다. 영업자의 비애를 공감하는 사람들이 나에게 시선을 맞추며 고개를 끄덕이고 있었다. 대표이사는 물론이고 간부들도 같이 울었다. 나는 이야기를 이어갔다. 갈 곳이 없어 빈 놀이터에서 멍하게 앉아 있던 일, 밥값이 아까워 김치 한 가지만 싼 도시락을 남의

집 계단 아래에서 숨어서 먹던 일……. 눈물을 삼키며 지내왔던 지난 시간을 돌아보는 발표 내내, 몇 번이고 눈이 뜨겁게 달아올랐다. 지난 시절을 떠올리는 것만으로도 나를 아련한 추억 저편으로 끌어들이는 듯했다.

그동안 내가 한 것은 영업이라기보다 삶을 견딘 것이었다. 장내에 앉아 있던 사람들은 강연 내내 같이 웃고 같이 울었다. 발표를 끝내고 내려오는데, 내가 무슨 말을 어떻게 했는지조차 기억나지 않았다. 그때 장내가 떠나갈 정도의 박수 소리가 들렸고 덩달아 정신이 번쩍 들었다.

행사를 마치고 인파를 헤집고 나오는 길목에서 나를 보며 이야기하는 사람들의 목소리가 들려왔다. 그리고 많은 사람들이 나의 발표에 큰 감동을 받았다는 것을 알게 되었다. 내가 유명 강사가 된 것 같은 기분이 들었다. 하지만 현실로 돌아온 나는 또 보잘것없는 영업 우먼이었다. 행복감에 마냥 젖어 있을 수만은 없었다. 단상에 올라가 많은 직원들 앞에서 떠들어댔으니 일을 더 잘해야만 했다. 나의 발표가 부끄러움으로 남는 게 싫어서 더 열심히 일했다. 그 후 사내 강사로 신입 직원들 교육을 하기도 했다. 그때는 인기 강사 투표에서 1위를 차지하기도 했다.

사례 발표라는 한 번의 경험이 내 삶의 터닝 포인트가 되었다고 생각한다. 언젠가는 나와 같이 아픈 가장들이

나 슬픔을 가지고 일을 시작한 사람들에게 가슴을 열고 희망을 전해 주고 싶다. 마음으로 그들을 응원하며, 얼마든지 일어설 수 있음을 알리고 싶다. 언제든지 몰두하고 집중하며 기다리면 기회는 온다고 믿는다. 때가 오면 반드시 꿈을 이룰 수 있다는 말을 전해주고 싶다. 실패는 누구나 할 수 있지만 실패를 딛고 일어서는 것은 누구나 할 수 있는 것이 아니라는 생각을 한다. 진짜 실패는 어려운 상황을 그대로 받아들이지 못하고 부정하는 것이 아닐까?

## 혼자서 다 해결하기

한 회사에서만 계속 일을 한다는 것은 쉬운 일이 아니다. 그렇지만 직장을 계속 옮겨 다니는 것 또한 힘든 일이다. 직장을 여러 번 옮겨 본 사람들이라면, 한 곳에 정착해 안정적으로 일하고 싶은 마음을 잘 알 것이다. 한 회사에 정착하고 싶었다.

전화 영업 일은 일반 사무직보다 수입이 좋았지만, 직장을 옮겨야 하는 경우가 많이 생기기도 했다. 어쩔 수 없는 상황이 되면 먹고살기 위해 회사를 옮길 수밖에 없었다. 직장을 옮기다 보면 시간이 허비된다. 직장을 찾고, 면접을 보고 출근 날을 정해주기까지 시간이 걸리기 때문에 한 달 정도는 급여 없이 지내야 하는 공백이 생겼다. 게다가 가장인 나는 최대한 빨리 직장을 찾아야 했기 때문에 마음이 급

했다. 그렇다고 급한 마음에 돈만 좇다 보면 실수가 생기기 마련이었다. 돈보다 대표의 마인드를 살펴 입사하려고 노력했다.

남편이 가장인 아내들은, 당장 일하지 않고 한 달 정도는 쉬어가며 직장을 찾아도 되었지만, 내 경우는 한 달도 맘 편히 쉴 수가 없었다. 물론 나에게만 세상이 녹록지 않다는 것은 아니다. 그래도 문득 나만 유독 더 많은 훈련과 고통을 감내하고 있다는 생각이 들면 서글퍼지기도 했다.

다른 회사로 이직한 지 10여 일도 채 지나지 않아서 생긴 일이다. 지인의 배려로 소형차를 헐값에 인수하였다. 대중교통을 이용할 수도 있었지만, 몸이 불편했기에 운전하며 출퇴근하는 것이 훨씬 편했다. 워낙 낡은 차라, 퇴근 중 번화가에서 차가 덜컥 서 버렸다. 벌었던 돈은 남편 하는 일에 모두 쏟아부었고, 새로 직장을 구한 지 얼마 되지 않은 때여서 수중에 돈이 바닥나 있었다. 친정 가족 외엔 돈을 잘 꾸지 않았지만 어쩔 수 없이 입사한 지 얼마 되지 않은 회사의 이사님에게 돈을 급하게 꾸었다. 민망하고 부끄러웠다. 마음이 불편했지만 바로 그러마고 대답해 준 이사님이 고마웠다.

빌린 돈으로 낡은 차를 견인해 여러 공업사에 가 봤지만 한결같이 고칠 수 없다는 말만 들었다. 어쩔 수 없이 폐

차를 해야 했다. 견인차에 올라 앉아 가다 보니 서글퍼졌다. 비단 차가 폐차 지경이 되어서만은 아니었다. 나는 언제나 모든 일을 혼자 해결해야 했다. 부정적인 생각들이 꼬리에 꼬리를 물어 우울해졌다. 멍하니 앉아 가고 있는데 동생에게 전화가 걸려 왔다. 어디냐 묻는 동생의 말에, 차가 길에서 퍼져 견인차 안이라고 했다. 내 말을 들은 동생은 "보험도 들지 않고 차를 끌고 다니냐?"며 위험한 짓을 한다고 한심해 했다.

전화를 끊고도 얼마나 동생이 괘씸하고 나 자신이 초라하던지, 집에 들어가는 내내 마음이 무거웠다. 가난에 고통스러워하던 내게 동생의 한마디는 치명타였다. 욱하는 마음에 동생에게 다시 전화를 걸어, 네가 내 고통을 아느냐고 혼내 주고 싶었다. 자격지심이었다. 나와 같은 가난을 경험해 보지 못한 동생에게 그런 이야기를 했다가는 더 초라해질 것이 분명했다. 눈물이 나왔다. 하지만 마음을 다잡았다. 아무 일도 없었던 것처럼 너스레를 떨며 집으로 들어갔다.

## 희망을 전하기

멍하니 앉아 있다가 TV 프로그램을 보게 됐다. 팔순이 넘은 아버지와 똑똑하고 착한 막내아들의 이야기였다. 공군에서 인정받던 아들은 비행기에서 추락하는 사고를 겪은 뒤, 전신 마비로 침대에 누워 있었다. 의식은 있었고 가족들을 알아볼 수는 있었으나, 말을 할 수는 없었다. 어머니는 아들의 사고 소식에 충격을 받고 쓰러져 병원에 입원 중이었다. 나이 든 아버지도 다리가 많이 불편했다. 그럼에도 불편한 몸으로 아들을 씻기고 먹였다. 그리고 아들이 예쁘다며 늘 얼굴에 뽀뽀를 하며 지냈다. 서른이 넘은 아들은 아버지가 예쁘다고 뽀뽀를 해 주면, 말은 못하지만 함박웃음으로 아버지를 기쁘게 해주었다. 아들을 살핀 아버지는 또 휠체어를 타고 자신의 아내가 있는 병원으로 갔다. 입원해 있는 아내에게 밥도 먹여 주고, 얼굴도 씻겨 주고, 말동무도 되어 주었다. 고된 삶이었다. 아들 앞에서는 힘들다 내색하지 않고 웃던 아버지는, 뒤돌아서야 얼마나 착한 아들이었는지 모른다며 소리 죽여 울었다.

우연히 접하게 된 사연에 나는 통곡하며 울었다. 얼마나 울었던지 다음 날 아침에는 눈이 부어 뜨기가 힘들 정도였다. 아픔을 가진 사람들만이 아는 눈물이었다. 나보다 기막힌 사연을 가진 분들이 많았다. 내가 보지 못하고 알지 못하는 곳에 눈물과 한이 있다. 헤아릴 수 없는 아픔이 있다. 내가 일어서야 하는 이유가 거기에 있다. 나보다 더 아픈 이들에게 힘이 되어 주고 싶다. 아픔을 가지고 살면서도 웃어야 하는 사람들. 아들 앞에서 울 수 없었던 병든 아버지. 힘든 상황에서도 웃으며 아들의 머리를 쓰다듬고, 아들에게 뽀뽀해 주던 팔순의 아버지. 나는 그 아버지가 되어야 한다. 울고 싶어도 울 수 없는 엄마도 되어야 한다.

어느 순간부터는 고통을 즐기기로 했다. 많은 인내를 요구받는 삶을 사는 사람들에게는 고통도 즐기는 기술이 필요하다. 고통을 즐긴다 하면 이해하지 못하는 사람들이 더 많다. 고통스러운 것을 남이 알지 못하도록 무장하는 것이다. 자존심은 남아 있어, 남의 동정을 받는 것이 싫다. 동정이 일종의 사랑인 것을 알면서도 그렇다. 당당하게 내 능력으로 사는 것이 좋다. 보는 눈에 따라서는 교만해 보일 수 있겠지만 일일이 설명하지 않는다. 합리화시키지 않고 내버려 둔다.

눈물 없이 가지 못하는 길이라면, 눈물을 흘리면서라도 가야 한다. 힘든 이들에게 내가 메신저가 되어야 한다. 고통스러운 삶 속에서도 반드시 일어설 수 있을 것이라는 희망을 전하고 싶다.

## 감사 노트의 열매

숙면을 해본 것이 언제인지 기억나지도 않는다. 여전히 잠들기가 불편했던 어느 날, 내가 과연 살아서 할 일이 무엇인가를 생각했다. 내가 세상에 남아 있어야 할 명분은 아무것도 없는 것 같았다. 비루함이 계속되고, 삶을 이어나갈 용기가 점점 없어지고 있었다. 남들보다 더 용기가 필요한 삶이었다. 그런 삶을 붙잡고 살아 보자고 애써 오던 것이 허무했다. 남편을 잘 도우면 행복도 같이 따라올 것이라던 내 신념은 착각인 듯했다. 남들은 알아주지도 않는 내 청춘과 열정을 모조리 바쳤다. 매 순간 살아야 하는 이유를 굳이 만들어 가며, 나 자신을 합리화하는 것이 싫었다. 왜 사소한 것들도 남들만큼 손에 잡히지 않을까. 왜 노력하고 또 노력해도 고난의 연속일까. 출구 없는 방 안에 갇혀 있는 것 같았다. 가끔은 내가 태어난 것을 저주하기도 했다.

하지만 세상을 원망한들 내게 득 될 것이 없다는 것을 안다. 그리고 딸아이의 삶을 계속 응원하며 엄마로서 버텨 주고 싶었다. 살고 싶은 것이다. 그렇다면 어떻게 살아야 잘 사는 것일까. 막막함이 허망함으로 변했고 나를 멍하게 만들었다. 거창한 것을 이룰 수 있다 생각했던 푸른 젊음은 사라졌다. 이제는 인생을 뒤돌아보며 살아야 하는 나이다. 그런데 아직도 시작하는 삶이다. 몸도 예전 같지 않고, 삶에 대한 열정도 많이 수그러들고 있었다. 모든 것이 역부족이다. 나이를 먹어간다는 것이 이런 것이구나 싶었다.

그래도 가야 하는 인생이다. 나에게는 다른 생각을 할 겨를조차 없다. 그렇다면 살아가야 하는 명분과 더불어 행복이라는 것도 같이 잡아야 했다. 원하는 것을 받은 양 감사해 하다 보면, 우주가 대답해 주지 않을까 하는 생각이 들었다. 비록 고통의 연속인 인생이었음에도, 감사하기로 했다. 소리 내어 "감사합니다" 하고 읊조려 보았다. 그러다 노트에 써 보기로 했다. '감사합니다'라고 꾹꾹 눌러 글씨를 썼다. 처음에는 억지로 했었는데, 쓰다 보니 뭔가 성취감 같은 것이 스멀스멀 올라오고 진짜 감사하다는 마음이 들기 시작했다.

그래서 매일 노트에 100번씩 '감사합니다'를 쓰고 일을 시작했다. 이후에는 100가지뿐만 아니라, 훨씬 많은 감사한 일들이 떠올랐다. 나를 있게 한 부모님이 감사했고, 내가 아무리 짜증내도 다 받아 주는 남편이 감사했다. 그리고 내게 자식으로 와 준 딸이 감사했다. 원망스러웠던 세상도 감사했다. 생각해 보니 감사하지 않은 일이 하나도 없었다. 오랫동안 감사 노트를 썼다. 좋은 일이 있을 때나 힘든 일이 있을 때도 같은 감정을 가지고 '감사합니다'라고 적었다.

어느 날은 다니던 회사 대표가 갑자기 미국 이민을 간다며, 회사 문을 닫는다고 했다. 아무런 언질도 없었고 갑작스러워 처음에는 기가 딱 막혔다. 감사하며 살기로 마음먹었는데 직장을 잃게 되다니, 이건 이율배반적인 일이었다. 그럼에도 불구하고 순간 "감사합니다"라는 말이 저절로 입 밖으로 나왔다. 신기한 일이었다. 그래서 부정적인 마음을 달래 보려고 더욱 '감사합니다'를 쓰기 시작했다. 당장 돈을 벌지 않으면 가정 경제가 힘들어지는데, 어떻게 해야 할지 막막했다. '그래도 감사합니다', 더 좋은 직장이 예비되었으니 '감사합니다', 누가 보면 억지를 부리고 있구나 싶을 정도로 '감사합니다'를 쉬지 않고 적었다. 가끔은 불안한 마음이 엄습하기도 했다. 감사를 적을 때마다 마음에 평온이 찾아오는 듯했다. 그렇게 "감사합니다" 하며 나를 달랬다. 불안과 평온이 반복되었지만 그래도 반드시 좋은 일이 있을 거라는 희망을 놓지 않았다.

그렇게 집에서 쉬기를 한 달, 하루는 괜히 좋은 일이 생길 것만 같은 기분이 들었다. 오후에 모르는 번호로부터 전화가 왔다. 전화를 받을까 말까 망설이다 받았는데 누군가에게 나를 소개받았다며 한번 만나자는 것이었다. 무슨 일인지 묻자, 회사를 하나 만들었는데 직원을 섭외하는 것이 쉽지 않다며 도와 달라고 했다. 그렇게 온라인 영업 회사의 부서장으로 일하게 되었다. 이전 회사보다 급여가 훨씬 많았다. 물론 그만큼 일을 잘해야 한다는 부담감은 있었지만, 해낼 수 있을 것 같았다. 감사하며 시작한 일이어서 그런지 날마다 매출이 올랐다. 대표님은 물론이고 직원들하고도 소통이 잘됐다. 섭외해 오는 직원들마다 일을 잘했다.

감사한 일들을 찾아내다 보니, 감사한 일들만 생겼다. 생각의 차이가 천국과 지옥을 만들었다. 생각의 전환이 부정을 긍정으로 만드는 것임을 깨달았다. 감사하다는 생각이 더 큰 감사로 이어졌다. 변함없이 감사하며 생활하기를 바라본다. 감사를 지속하는 한 하늘은 나를 위해 존재함을, 잊지 않아야겠다.

## 배워서 남 주기

사는 것이 힘겨울 때면 삶을 내려놓고 싶을 때가 있다. 아무리 생각을 해봐도 돌파구가 없는 듯했다. 가도 가도 높은 산과 깊은 물이 나를 가로막았다. 내 인생에 벚꽃이 만발한 봄은 오지 않는 것일까. 경제활동을 하지 못하는 남편을 부양해야 하는, 현실을 받아들이기란 결코 쉽지 않았다. 처음 남편이 신학을 할 때는 신앙의 힘으로 극복해 나갈 수 있을 것 같았다. 남편이 목사가 되고 척박한 땅에 교회를 세워 하루하루를 어렵게 버텨가는 동안, 나라는 사람은 온데간데없이 사라져 버린 것 같았다. 영업 덕에 돈을 버는 방법에 대한 길을 조금은 찾은 것 같기도 했지만, 그것만으로는 한 번뿐인 소중한 삶을 제대로 살고 있다는 느낌을 받지는 못했다.

나를 찾는 일을 해보고 싶었다. 도대체 어떤 인생을 살아야 하는 걸까? 그간 좋은 일을 하며 살자고, 날마다 자신에게 다짐하며 살아왔다. 하지만 내 손에 남은 것은 하나도 없었다. 젊었을 때는 가족의 생계를 꾸려 가느라 정신없이 달리기만 했다. 나이가 들어도 돈을 벌어 가족을 돌봐야 하는 상황은 달라지지 않았다. 여자 나이 벌써 쉰을 넘겼다. 하지만 이제는 의욕만으로는 한계가 있음을 깨닫게 되었다. 왜 사는가에 대한 답 없이 이대로 달려가기만 할 수는 없을 것 같았다. 목적지 없이 고속도로 위를 질주하는 삶이 무슨 의미가 있을까.

언젠가부터 잠을 설치는 날이 많아졌다. 아침이면 몸이 천근만근이었다. 하루하루 세월 가는 것이 안타까웠다. 곧 육십인데 이대로는 안 되겠다 싶었다. '이제부터는 나를 위한 일을 해보자' 하는 생각이 들어서 내가 좋아하는 일을 나열해 보았다. 음악을 좋아했고, 여행하는 것을 좋아했고, 글 쓰는 것도 좋아했다.

'했고, 했고, 했다.'

좋아하는 것들을 정리하면서, 모든 문장이 과거형이라는 것을 알아차렸다. 내가 좋아하는 것들은 모조리 과거에 머물러 있었다. 좋아하는 것들을 지난 시간들 속에 고스란히 버려두고 살아온 삶이었다. 그래서 고쳐 썼다.

'음악을 좋아하고, 여행하는 것을 좋아하고, 글 쓰는 것도 좋아해.'

어렸을 때부터 난 시인이 되고 싶었다. 잘 쓰는 글은 아니었지만 혼자서 써본 습작도 제법 됐다. '그래, 글을 한 번 써보자.'

일을 하면서 글을 쓴다는 것은 쉽지 않은 일이었다. 그렇다고 살아온 대로 살아가다 보면, 내 삶의 허기는 결코 채워질 것 같지 않았다. 결심한 다음 날부터 매일 아침저녁, 시간 날 때마다 책상 앞에 앉았다. 돈을 벌어야 하는 견고한 삶의 궤로를 처음으로 이탈해 본 결정이었다. 행복했고, 하얀 화면 위에 첫 글자를 찍는 순간은 무척이나 떨렸다. 원고를 채워가는 과정에서 보이지 않았던 작은 목표들이 드러나기 시작했다. 글을 쓴다는 것은 곧 내면을 탐구하는 과정이었다.

나는 글을 쓰면서 놀랍게도 내가 가고 싶은 삶의 방향에 대해 알게 되었고, 대학원에 진학하기로 결정했다. 전공은 상담 심리학으로 정했다. 내 삶의 가장 큰 축이었던 목회 활동. 신앙의 이해는 곧 인간에 대한 이해라는 생각이 들었고 상담 심리학을 전공해야겠다는 생각에까지 이른 것이다. 경제적으로 여유가 있는 것도 아니고 그렇다고 시간이 많은 것도 아니지만, 인생은 돈과 시간만으로 살 수 있는 것이 아니란 것을 깨달은 지금 내 선택이 옳다는 것에는 의심할 여지가 없다. 책과 강연을 통해 사람들을 도울 수 있다면 행복이 배가될 것 같았다. 배워서 남 주는 삶. 생각만 해도 가슴 떨리는 인생을 그리고 나니 보이는 것들마다 그렇게 아름다울 수가 없었다.

나는 대학원에 입학했다. 생각보다 공부가 쉽지만은 않았지만 늦깎이 학생은 남들보다 더 열심히 따라갔다. 결국 다섯 학기 동안 상담 심리학 공부를 했고 학위를 받았다. 인생에서의 나를 위한 첫 번째 결정, 그것을 이뤄가는 동안 내가 느낀 행복감은 이루 말할 수 없는 것이었다. 하나를 이루고 나니 새로운 목표가 눈앞에 나타났다. 원하고 좋아하는 일에 열정을 불어 넣으면 나이쯤은 얼마든지 극복할 수 있었다.

인생은 육십부터가 아니라, 꿈꾸는 순간부터!

## 내가 행복해야 주위 사람도 행복하다

누구나 각자의 인생 지도를 그리며 살아간다. 어느 순간 문득 돈 버는 기계 같은 나의 삶과 다람쥐 쳇바퀴 도는 듯한 일상을 돌아보게 되었다. 의식하지 않고 살아가는 와중에도 나의 인생 지도가 완성되어 간다고 생각하니 아찔했다. 붙잡아둘 수 없는 것이 시간이었다. 속절없이 흐르는 세월 속에 나 자신이 작아지고 또 작아지다 없어져 버릴 것 같아 두려웠다. 주어진 대로 하루하루 살아가는 삶을 수긍하지 못했다. 행복하지 않다는 생각이 나를 못 견디게 했다. 나름대로는 주체가 되어 살아간다고 생각해 왔었는데, 뒤돌아보니 표리부동한 하루하루였다.

내 안에서 꿈틀거리는 꿈과 현실은 멀기만 했다. 먹고 살기 위해 포기했던 것들이 아쉬움으로 남아 나를 괴롭혔다. 이렇게 그냥 끝나버리는 것이 인생인가. 삶을 지속한다는 것에 회의가 왔다. 살기가 싫어졌다. 나는 지쳐 있었고 우울했다.

내가 우울해하는 것을 알아차린 남편이 내게 "당신만 행복하면 돼"라고 했다. 순간 할 말을 잊었다. 언뜻 듣기에는 이기적인 생각이라고 할 수 있지만, 지극히 맞는 말이었다. 잊고 살았을 뿐이다. 내가 행복해야 가족도 그걸 느끼고 같이 행복해진다고 했다. 그러니 소중한 사람들을 위한다면, 누구나 자신의 행복을 위해서 살면 된다고 했다. 나에게는 남편의 그 한마디가, 희생이라는 거창한 말로 자신을 내팽개치지 말라는 뜻으로 들렸다.

지금까지는 내 행복보다 가족의 행복만을 위해 살아온 것이 사실이었다. 가족을 위한다는 명분을 내세워 나 자신을 혹사시키고 있었던 것이다. 가족은 그런 나를 보며 불편했을 수도 있었겠구나 싶었다. 혼자 희생하며, 행복해 하는 모습을 보여 준 적이 없으니 그럴 만도 했다. 지속되는 고난, 벌어도 나아지지 않는 경제 상황들이 불행이 되어 나를 덮쳤다. 자신이 행복해야 주위 사람들이 행복하다는 것을 인식하지 못한 채, 다른 사람을 행복하게 해준다는 명분을 내세우며 살았다.

결국 그 희생도 나 자신의 만족을 위한 것이었다. 행

복을 가장한 욕심을 손에 쥐고 있었다. 나만 행복하면 된다는 말이 울림이 되었다. 내 인생 지도의 권리자이자 책임자는 바로 나다. 내 인생 항해의 키를 잡고 있는 것도 나였다. 자칫 잘못 그린 지도로 삶의 방향이 완전히 틀어져 버릴 수도 있다는 생각이 들었다. 내 인생의 지도를 원하는 대로 바로잡고 싶어졌다. 갑자기 인생 항로를 바꾸자니 마음이 복잡하고 결정하기가 쉽지 않았지만, 고민 끝에 원하는 바를 이뤄 보기로 했다. 허울을 벗어던지고, 내 속에 움츠리고 있는 진짜 행복을 찾는 것이 첫걸음이었다. 오로지 나의 행복을 위한 계획을 세우려니 마음이 가벼워졌다. 더 나이 들기 전에 내가 진정으로 원하는 일을 하고 싶었다.

하지만 나는 가장으로서의 책무를 지고 있었다. 좋아하는 일을 하며 경제적인 것까지 해결해야 했다. 모험이라는 생각을 했다. 부담이 되었지만, 그냥 속도를 내 보기로 했다. 삶이 끝나는 순간 억울함을 품고 눈감고 싶지 않았다.

나는 어렸을 때부터 글 쓰는 것을 좋아했다. 낙서 수준이었을지 모르지만, 속마음을 글로써 모두 꺼내 놓고 나면 안정이 되는 것을 느끼곤 했다. 그렇게 시작된 낙서는 모르는 사이 취미가 되어 있었다. 취미가 계속되니 욕심이 생기기 시작했다. 책을 출판하면 얼마나 좋을까라는 생각을 해 보기도 했다. 오래전, 출판사에 근무하는 남편 친구가 책을 한번 써보라는 권유를 한 적이 있었다. 그 당시의 나에게는 책을 쓴다는 것이 부담이었다. 책이 뚝딱 나오는 것도 아니고, 시간적인 여유도 있어야 한다는 생각 때문이었다. 게다가 단지 글을 쓰고 싶다는 것이었을 뿐, 스스로 재주가 있다고 생각하지는 않았다. 글을 쓰려면 타고나는 능력이 있어야 하고, 머리도 좋아야 한다고 생각했다. 그래서 엄두를 내지 못했다.

좋아하는 글을 본격적으로 써보기로 했다. 결심 후에는 생각만으로도 행복했다. 마음을 먹고 나서 그동안 글을 써놓은 노트를 들춰 보았다. 제대로 된 글이 아니라 푸념만 늘어놓은 것 같아 웃음만 나왔다. 부끄러워서 전에 썼던 글은 다 없애 버렸다. 썼다 지우고 썼다 지우기를 몇 번 반복하다, 나는 글을 못 쓰는 사람이라는 생각이 들어 절망스러웠다. 막상 쓰려고 보니 한 글자도 쓰기 힘들었다. 포기하고 싶었다. 순간 머리를 스치는 내 속의 말이 들렸다. 좋아하는 일을 한다면서 대가도 치르지 않으려는 것은 경솔한 생각이라고 했다. 하긴 어떤 것이든 처음부터 잘하는 사람이 어디 있으랴 싶었다. 그동안에도 무엇인가 얻으려면 항상 대가를 치러야 손에 넣을 수 있었다. 대가를 호되게 치르고라도, 글을 쓰고 내 책을 세상에 내놓을 수만 있다면 그보다 더 큰 행복은 없을 것 같았다. 글 쓰는 것이 또 하나의 고난의 시작이라 해도 행복했다. 책을 쓰겠다고 마음을 굳게 먹었다.

나는 해낼 것이다. 내 삶의 지시등이 원하는 방향을 향해 켜져 밝게 보였다. 꿈을 포기하지 않고 달려온 모든 사람들에게, 말해 주고 싶다. 자신의 내면에 귀를 기울이라고. 그리고 내 안에서 들리는 소리를 향해 방향등을 켜보라고. 부디 당신이 좋아하는 일, 행복할 수 있는 일을 하라고 외치고 싶다.

## 길은 길을 만든다

팔자나 운명 같은 것이 있다고 생각하느냐는 질문에, 운명은 무슨 운명이냐며 개척하기 나름이라고 말하는 사람들도 있고 팔자가 나빠서 힘들게 살아간다고 말하는 사람들도 있다.

갈등과 고뇌의 연속이었던 삶을 살아내 오면서 팔자타령에 내 자신을 맡겨 버릴 수만은 없었다. 팔자타령만 하고 앉아 있기에는 갈급하고 다급한 일들이 산적해 있었기 때문이었다. 때때로 현실을 벗어날 수만 있다면 당장이라도 도망가고 싶었다. 도망갈 수만 있었다면 벌써 도망갔을 것이다.

어린 시절 무수히 들었던 '팔자가 나빠서'라는 말은 나를 나락에서 지하로 끌어내리는 최악의 말이었다. 지금도 팔자타령 하는 소리를 들으면 "악!" 하고 소리를 지르고 싶다. 팔자타령을 할 수는 없었다. 난 운명이라는 것을 떨쳐 버리고 살아 내리라고 마음먹으며 달리고 또 달렸다.

그렇게 달렸지만 눈에 띄는 변화나 고속 성장 같은 것은 없었다. 아니 기대할 수도 없었다. 똑같은 일상과 아무리 노력해도 나아지지 않는 생활. 다만 나아지기를 바라는 꿈에 기대어 살아가고 있을 뿐이었다. 엎어져서 울고 있을 때에도 누군가 다가와 어디가 아프냐고, 왜 우냐고 물어봐 주는 사람도 없었다.

혼자 운다는 것은 어렸을 적 숨바꼭질하다가 혼자 숨어든 볏짚 속에서 무서워 떨었던 그 막막함이었다. 달려가는 길이 외롭고 지칠 때 가다듬고 가던 길을 가야 할 때 누가 한 번만 손잡아 주며 애썼다고 반드시 행복한 날이 있을 거라는 위로도 받아 보고 싶었다. 그랬다면 허허벌판에 혼자 버려진 느낌은 받지 않았을 것이다.

친구들이랑 놀다가 불리해지면 엄마에게 달려가 일렀던 것처럼, 내 운명을 일러바치고 싶었다. 내가 무슨 죄를 지었기에 내 인생은 이토록 가혹하냐고 따지고 싶었다. 왜 나만 고통을 당해야 하느냐고 싸우고 싶었다. 신이 옆에 있다면 멱살이라도 잡았을 것이다.

"창 넓은 창가에 앉아 멍하니 앉아 있어 보는 것"이 내

소원라고 말한다면, 혹자는 웃을지도 모른다. 난 단 한 번이라도, 아니 아파서라도 가만히 앉아 있어 본 적이 없다. 아파도 누워 있지 않을 정도로 건강했기 때문이라고 억지를 부리고 살았다.

이 더러운 운명은 개나 물어 가라고 던져 버리고 싶었다. 애써서 외면하고 싶은 내 삶을 오롯이 혼자서 헤쳐 나가야 한다는 것을 알았을 때는 이미 아픔에 내성이 생긴 뒤였다. 너의 잘못이니 혼자 다 짊어지고 가라는 보이지 않는 시선이 무서웠다.

내 삶을 다시 읽어 보기로 마음을 가다듬었다. 천천히 읽어 내려가자 내 인생에도 큰 것이 도사리고 있음을 알았다. 그것은 내가 장애인이라는 사실이었다. 장애인이라는 무거운 삶의 무게와 뜻하지 않은 상황들. 나를 장애인으로 만들 수밖에 없었던 신의 속내가 보였다. 그 안에서 내가 가야 할 길이 보였다.

장애인이기 때문에 힘든 게 아니었다. 힘든 삶이기에 장애라는 굴레가 더욱 초라하게 만들었던 것이다. 지난날들은 우울했고, 그래서 난 방황했다. 그건 장애인이기 때문이 아니었다.

장애인 학교를 세우고 싶었다. 그러나 무엇을 어떻게 해야 할지 막막했다. 분명한 목적이 있다면 길을 열어 줄 것이라 생각했다. 그러나 장애인 학교 설립에 필요한 돈이 쉽게 내 손에 쥐어지지 않았다. 포기하기에는 나를 안개 같은 우울 속에서 확 깨어나게 해준 그 목적이 너무나 확연했다. 그래서 다시 장애인을 위한 일을 어디서 어떻게 시작해야 하는지 막무가내로 인터넷을 뒤지기 시작했다. 그러던 중 직장 내 장애인 인식개선 교육이라는 제목에 눈이 번쩍 열렸다.

'이거야. 그래, 장애인이 사회에 나가 비장애인처럼 활동하려면 장애인에 대한 인식 개선이 더 급선무'라는 생각을 하던 차였다. 마치 길을 잃었던 아이가 집을 찾아가는 길이 보이기 시작한 것처럼, 무지개를 발견한 것처럼 기뻤다. 안도의 한숨이 나왔다. 이제 된 것 같았다. 길을 찾았으니 가기만 하면 되는 것이라고 생각했다.

가슴이 뛰기 시작했다. 멈출 수 없는 질주가 기다리고 있었다. 나에게 일을 맡기려는 신의 속셈이 보이는 듯했다. 그 악재 속에서 빛나는, 내가 살아가야 하는 목적이 꼭꼭 숨어 도사리고 있었던 같다.

장애인고용공단에 바로 문의를 했다. 교육 일정을 알아봤더니 2주일이라는 기간이 필요하고 직장에서 일을 해가며 할 수 있는 일이 아니었다. 바로 직장에 사표를 냈다. 회사에서는 황당해 했다. 그러나 망설일 수 없었다.

2주일 동안 교육을 이수하고, 감독관들 앞에서 강연을 수행해서 자격증을 취득했다. 그런데 다시 막막해지기 시작했다. 직장 내 장애인 인식개선 교육을 어떤 경로로 할 것인가 하는 숙제가 내 앞에 주어졌다. 교육을 하고자 하는 회사를 어떻게 찾아내야 할지 도무지 방법이 생각나지 않았다. 물론 장애인고용공단 강사들 프로필에 내가 올라가 있기는 했지만, 그 수많은 장애인 강사 중에 선택된다는 것은 힘든 일이었다.

그러나 갈 것이다. 멈추지 않고 가다 보면 언젠가는 장애인에 대한 인식이 개선될 것이고, 장애인 인식개선이 된다면 얼마든지 숨어 있는 장애인들의 능력을 찾아낼 수 있다. 확신한다. 직장 내 장애인 인식개선 교육을 하면서 장애인 학교를 세우기를 소원한다. 지금도 정부 주도 하에 세워진 장애인 학교가 많이 있지만 난 내가 가야 할 길을 갈 것이다. 시간이 많이 걸릴지도 모른다. 돌아가지 않을 것이다.

## 꿈꾸는 학교

어느 날 사무실에서 혼자 일을 하고 있을 때였다. 부재중 전화가 두 번이나 와 있었다. 모르는 번호였다. 평소와는 달리 갑자기 부재중으로 찍혀 있는 번호로 전화하고 싶어졌다. 사람의 직감은 소름이 끼칠 정도로 정확할 때가 있다.

아니나 다를까 강의 섭외가 온 것이었다. 직장 내 장애인 인식개선 강사 자격을 갖춘 지 한 달도 채 되지 않은 시점이었다. 얼마나 가슴이 설레고 좋던지 가슴은 두근거렸고, 한 번도 가 보지 않은 길을 가게 되는 첫걸음이니 떨리기까지 했다.

태연한 척 전화를 끝내고 "야호!"를 외치며 설렘을 감추지 않았다. 강연이 꿈이었기에 행복했다. 콘텐츠가 특별

해서가 아니라 내가 가야 하는 길을 여는 첫 관문이라는 생각 덕분에 설레었다. 강의를 위한 강의보다 내가 왜 이 강의를 하게 되었는지, 어떻게 해야 직장에서 장애인이 비장애인과 평등한 조건으로 일을 할 수 있는지를 전달하면서, 공감을 얻어 내며 법 제정에 대한 이야기를 풀어내고 싶었다.

강연할 날이 되니 떨렸다. 그렇지만 즐겁게 강의를 마쳤다. 이미 강의 경험이 있었고 준비도 많이 했기 때문이었다. 본사와 지사 두 군데에서 교육을 하고 집으로 돌아가는 길은 날아갈 것 같은 기분마저 들었다. 그렇게 나의 꿈, 즉 장애인 인식개선부터 시작해서 장애인 학교를 세우는 일까지 일사천리로 이루리라 상상하기 시작했다.

난 아무 잘못 없이 장애인이 되었다. 이유 없이 부당하게 장애인이라는 명찰을 달아야 했다. 이유 없이 절뚝발이라는 놀림을 받아야 했다. 장애인이라서 누구에게 피해를 준 적도 없고, 남을 해친 적은 더더군다나 없었다. 그러나 나는 차별의 대상이 되었고 힘든 날들을 보내야 했다. 더구나 직장에서의 위치를 찾지 못하고 직장을 다니는 것조차도 겁을 내야 했던 내 젊은 날들은 아직도 아픔으로 남아 있다.

내 삶에 원수라도 갚을 것처럼 무쇠처럼 일만 하며 살았다. 내 깊은 시름을 돈으로 해결할 수 있을 것이라며 돈을 향해 달렸다. 그러나 달려갈수록 돈은 내게서 달아나 버렸다. 돈에 대한 오기가 생기기 시작할 무렵 돈을 따라가는 내 모습이 한심해졌다. 밑 빠진 독처럼 채워지지 않는 돈을 향해 달음박질하고 있었다.

게다가 역설적이게도 직장 내 장애인 인식개선 프로그램의 목적은 돈에 초점이 맞추어져 있었다. 구조적인 문제점은 차치하고라도 돈 몇 푼에 나를 파는 것 같았다. 내가 장애인인데 장애인을 팔아서 돈을 벌 수는 없었다.

인생을 실패하리라고 생각하며 사는 사람이 있을까? 나는 나도 모르게 가져야만 했던, 인생의 실패를 먼저 안고, 시도해 보지 않은 일을 시작해야 하는 장애인이었다. 그 열등감과 상대적 초라함은 잘못 없이 당하는 사람이라면 말로 다 설명하지 못할 만큼 억울하다. 죽고 싶었다. 정확히 말하면 미치도록 살고 싶었다. 가장 살고 싶지 않을 때, 실은 가장 살고 싶은 것이다.

그러나 나는 어떻게 꿈에 다가가야 하는지 몰랐다. 어떻게 장애인 인식개선 교육을 시킬 것이며, 어떻게 장애인 기술 교육을 할 것인지, 어떻게 장애인 학교를 세울 것인지 모든 것이 다시 처음이었다.

여전히 세상은 만만치 않고 내 꿈은 멀다. 그러나 내 푸른 꿈은 빈드시 봄이 되면 깨어날 것이고, 꽃이 피듯 내

꿈도 꽃과 함께 피어날 거라 믿으며 찾아낼 것이다. 나는 돌멩이에 치이고 거센 물살에 넘어져도 일어날 것이다. 장애인 인식이 개선이 되지 않고는 장애인들의 삶이 희생타로 끝나 버릴 수 있기에. 힘든 여정일지라도 제대로 된 직장 내 장애인 인식개선 교육이 뿌리내리도록 할 것이다. 그리고 장애인 기술 복지 학교를 세울 것이다. 장애인들이 당당히 자기 자리에서 비장애인들과 나란히 서는 그날까지.

# 생각을 바꾸는 것은 쉽지 않지만

장애인 인식개선 강사로 교육을 하면 1시간에 10만 원, 그중 협회에 수수료를 내고 나면 8만 원이 손에 쥐어진다 하루에 한 기업씩 교육해도 한 달에 겨우 160여만 원 남짓한 돈이 내 손에 쥐어진다. 그 돈으로는 살아갈 수 없다. 그마저도 교육을 요청하는 기업은 없다.

어떤 때는 새벽에 나가서 장애인 인식개선 교육을 했고, 어떤 때는 퇴근하고 나서 교육을 했다. 당연히 받아야 할 교육을, 사정을 해 가며 무료로 해 드릴 테니 받으라고 해야 했다. 기업 측에서도 마지못해 응낙하는 수준의 교육이다. 법정 의무 교육을 받으면서도 기업에서는 교육비를 내지 않는다. 장애인고용공단에서 교육비를 충당해 주니 기업에서는 무료라고 해야 간신히 교육을 받겠노라고 수락

하는 수준이다.

억지로 기업에 전화를 해서 무료로 강의해 준다 해도 늘 을의 입장이 된다. 최소의 비용만 받고 교육을 해 줘도 장애인은 감사해야 한다는 이야기다. 이 구조적 병폐를 바꿀 수만 있다면 바꾸고 싶다. 이런 비용에라도 그저 장애인이니까 감수하라는 교육제도를 언제까지 아무 말도 못하고 있어야 할까? 다만 이렇게라도 교육을 하다 보면 장애인에 대한 인식이 개선되리라고 믿고 갈 뿐이다.

직장 내 장애인 인식개선 교육은 장애인에 대한 편견을 없애고 일자리를 창출하는 것이 목적이다. 기업에서 장애인을 고용하면 정부로부터 보조금도 받을 수 있고, 또 장애인들이 들어야 할 교육까지 시켜서 기업에 내보낸다. 그러나 아직도 직장에서는 장애인들을 고용하기에 어려운 점이 산적해 있다. 장애인 일자리라는 명목 하에 장애인 인식개선 교육을 하고 있지만 정작 일을 가져야 하는 장애인들은 일할 수 있는 자리가 이마저도 없다. 장애인이 일을 잘 할 수 있을까 하는 편견을 갖고 있기에 장애인을 고용하려는 기업은 그리 많지 않은 것이 현실이다. 그래도 장애인 인식교육을 하다 보면 인식이 조금씩 개선이 되는 것 같아 보람은 있다. 또한 기업에서 장애인을 고용해서 잘 해 나가는 사회적 기업도 많이 늘고 있다.

장애인이라고 무조건적인 동정을 바란다거나 장애인이니까 일을 잘하지 못할 것이라는 생각을 바꾸는 것이 쉽지 않다. 멀고 험한 길만 내 앞에 펼쳐져 있는 것 같기도 하다. 험하다고 가야 할 길을 멈출 수는 없다.

정부 주도하에 장애인 학교가 잘 운영되는 곳도 있지만 아직도 장애인들의 눈물을 받아 줄 곳은 많지 않다. 직장을 갖지 못한 채 정부에서 주는 몇 푼으로 최소한의 생활도 못하며 죽지 못해 사는 장애인들이 얼마나 많은지 모른다.

장애인 직업학교를 세우고 싶다. 열정만 가지고는 할 수 없는 일이지만 꿈으로 끝나지 않길 기도해 본다. 사회의 모든 구조를 바꿀 수는 없겠지만 하나하나 아주 작은 것부터 바꾸는 일에 앞장서고 싶다. 나와 같은 동료들을 살리는 길이 바로 나를 사랑하는 일일 것이다. 돈 없고 힘없는 가난한 장애인들에게 돈 걱정 안하고 교육을 받게 하고 싶다. 쉽지 않은 일이라는 것은 잘 안다. 그렇지만 의지할 곳도 기댈 곳도 없는 장애인들을 찾아내서 능력을 발휘하도록 교육을 받게 하는 것이 내 마지막 희망이다. 소원이다. 아픔을 그냥 보고 있을 수가 없다. 반드시 가야 할 길이지만 반드시 이루어질지는 미지수다. 고통 중에 있지만 행복을 꿈꾸는 모든 이들, 고통 속에 살면서도 소망을 손에 쥐고 사는 모든 장애인들, 꿈을 놓지 않기를.

제5장

# 나를 여기까지 이끈 것은

## 마음 아파하지 않기를

6살, 교통사고를 겪은 후 나에게 무슨 일이 일어났는지 알지도 못한 채 눈 속을 달려 집으로 왔다. 차를 타고 오며 잠이 들었는데, 집에 도착해 보니 함박눈이 펑펑 쏟아지고 있었다. 나의 퇴원을 축하라도 해주는 것 같았다.

4개월이 넘는 시간을 병원에 입원해 있었다. 병원에 있는 동안 다친 다리가 아파 가끔 울었던 기억이 난다. 재수술을 하거나 통증이 있을 때를 제외하고는 통증 완화 주사를 맞아 그런지 잠을 많이 잤다. 그러다 누가 병원에 오기라도 하면 못 먹어 보던 과일과 과자를 먹을 수 있었다. 사람들로부터 못 받아 보던 사랑도 듬뿍 받는 기분이었다. 병문안 온 친척들이 나를 붙잡고 울면 의미도 모른 채 함께 울고는 했다. 친척들이 병원에 왔다 가면, 과일과 과자가 생겨서 좋았다. 한 번도 받아보지 못한 관심을 한꺼번에 받아서 외로움을 느끼지는 않았다.

여섯 살이었던 나는 앞으로의 내 삶이 어떻게 전개될지 알지 못했다. 병원 생활이 자연스레 몸에 배었지만, 집에 가기만을 손꼽아 기다렸다. 집에 갈 때쯤이면 다리가 다 나아 예전처럼 뛸 수 있을 줄 알았다. 퇴원하면 세상이 달라져 있을 것 같다는 생각에 설레기까지 했다. 동생이 엄마 아빠의 사랑을 독차지했었는데 사고 후에는 내게도 나눠주어 좋았다.

내가 입원해 있는 동안 바빠서 몇 주일에 한 번씩밖에 오지 못했던 엄마는, 병원에 오면 나를 등에 업고 옥상에 올라가서 내게 무엇인가를 계속 이야기했다. 이야기의 모든 내용이 기억나지는 않지만 어렴풋이 기억나는 것 중 하나는 다리가 아프니 공부를 잘해서 훌륭한 사람이 되어야 한다는 것이었다. 그래야 좋은 남자도 만나고 시집가서 잘 살 수 있다고 했다. 지금 생각해 보면 내 미래에 대한 엄마의 불안 섞인 바람이었다. 아무것도 알지 못하던 나는 응, 응 하고 대답을 잘했다. 간혹 엄마 목소리가 달라져 있을 때가 있었다. 내가 눈치 채지 못하도록 혼자 울고 온 것이었다는 사실을 나중에야 알았다. 내가 엄마가 되고 보니, 엄마의 마음이 보였다. 자식이 아프면, 더 아파하는 사람이 엄마라는 사실을 알게 되었다. 하지만 척박한 환경과 먹고사는 문제가 엄마를 슬픔에만 빠져 있도록 가만 두지 않았다.

퇴원하면 다른 세상이 펼쳐져 있을 것 같았지만, 일상은 그대로였다. 나는 혼자 있는 것에 익숙해졌고, 그때부터 혼자 놀기의 명수가 되었다. 이후 성장 과정에서 가족들 누구도 내 장애에 대해 입을 여는 사람은 없었다. 교통사고를 알지 못하던 막냇동생까지도, 한 번도 "누나 다리는 왜 그래?"라는 말을 하지 않았다. 함구 중 알아버린 슬픔일 것이다.

나 또한 내 아픔만 생각하기에도 바빠, 형제들의 아픔은 아랑곳하지 않았다. 세월이 지나 생각해 보니 나는 죄인이었다. 나로 인해 부모님 마음에, 그리고 형제들 마음에 슬픔이 켜켜이 쌓여 있다는 것을 인지하게 된 것이다.

오빠가 고등학교 다닐 때의 일이다. 오빠는 명문 고등학교에 다녔고, 공부를 잘하는 수재였다. 학교가 집과는 멀리 떨어져 있어, 오빠는 큰이모네 집에서 학교에 다녔다. 오빠는 방학이면 집에 와 있다 가곤 했다. 오빠와 같이 왔던 이모가, 나보고 이모와 같이 가자고 했다. 이모 집에 간다고 생각하니 설레어서 준비를 서둘렀다. 그리고 이모와 집을 막 나서려는데 오빠가 우리 앞을 가로막았다. 내가 이모 집에 가는 것이 싫다고 했다. 그곳에 오빠 친구들이 하숙을 하고 있었고, 오빠는 장애인 동생을 보여 주는 것이 싫었던 것이다. 어른들은 오빠의 마음을 눈치챘고, 엄마는 나에게 이모 집에 가지 말라고 했다. 당시의 나는 왜 못 가게 하는지 이해하지 못했다. 가고 싶다고 울었다.

내가 창피했던 오빠, 장애인이 동생이라는 사실을 친구들에게 알리고 싶지 않았던 오빠. 사춘기 고등학생이었던 그때의 오빠에게, 이제라도 그때는 오빠의 마음을 이해하지 못하고 투정 부려서 미안하다고 말해주고 싶다. "하늘나라에 있는 오빠. 그때는 내가 미안했어. 철이 없어서 그랬어."

얼마 전 명절에, 동생이 엄마한테 들었다며 꺼낸 이야기가 있었다. 병원에서 퇴원하던 어린 내가, 엄마에게 다리를 붙여 달라며 울었다고 했다. 다리를 붙여 주지 않으면 집에 가지 않겠다며 떼를 썼단다. 그 말을 듣고 겉으로는 아무렇지도 않은 듯 웃어넘겼지만, 마음속에서는 눈물이 흘렀다. 다리를 붙여 달라며 울었다니, 그 말을 들은 엄마 마음은 어땠을까.

나는 어느덧 엄마 입장에서 생각해 볼 수 있는 어른이 되었다. 바쁘게 살다 보니 어느새 쉰을 넘어 예순에 가까운 나이가 되었다. 혼자만 아픈 것처럼 살다가도 문득문득 장애인 가족으로 살아가는 사람들을 떠올려 본다. 같이 아파

하는 가족들에게는, 장애인 당사자와는 또 다른 아픔이 있을 것이다.

힘들게 살아왔지만 어루만져 주어야 할 사람은 내가 아니라, 나를 자식으로 둔 부모님이다. 나를 가족으로 둔 형제들이다. 나를 보며, 장애인만 보면 마음이 아팠을 가족들. 내가 다 아플 테니, 제발 더 이상은 아파하지 않기를.

## 친정아버지는 기다려 주지 않는다

얼마나 더 살아야 가족의 죽음을 자연의 순리로 받아들일 수 있을까? 생과 사는 왜 사람이 살아가는 하나의 순리로 편히 받아들여지지 않는지. 누구나 가족의 죽음 앞에서는 무력하고 허망하다. 마음의 준비도 하지 못한 채 갑자기 임종을 맞이하는 것은 큰 충격이다. 생전에 더 잘했어야 한다는 아쉬움과 애틋함이 남는다. 이별을 해야 하는 슬픔보다 고인이 살아온 세월이 더 큰 흐느낌으로 다가온다. 혈육일 경우 불쌍해서 견딜 수 없는 마음이 더 든다.

늙어가는 부모님을 볼 때면 세월을 되돌리고 싶다. 친정아버지는 기다려 주지 않는 세월을 흘려보내며, 가장 놓치고 싶지 않은 것이 무엇이었을까? 아마도 제대로 자기 길을 가지 못하며 서성이는 자식들이 아닐까 싶다. 그리고 누구보다도 가장 마음을 슬프게 하는 자식은 아직도 세상을 낯설어 하는 자식, 바로 나였을 거라는 생각이 들어 마음이 아프다.

친정아버지는 가난한 집안에서 둘째 아들로 태어났다. 가난했지만 아버지의 어머니는 얌전하고 착한 분이었다고 했다. 착한 할머니는 친정아버지가 열 살 되던 해, 큰아버지와 아버지, 어린 아버지의 동생 둘을 남기고 일찍 돌아가셨다. 할머니를 닮았다는 친정아버지. 남은 친정아버지는 술주정꾼인 할아버지를 모시고 동생들을 먹여 살리기 위해서 일만 하셨다. 돈을 벌어 쌀을 사 놓으면 할아버지가 그 쌀을 도로 들고 나가 팔아서 술을 사 드셨다. 어리고 순하기만 한 친정아버지는 아무 말도 못하고 일을 해야만 했다. 아버지의 형님이신 큰아버지는 가족들을 돌볼 생각은 하지 않으셨기에 아버지가 어려운 살림을 떠맡게 되었다. 아버지의 막냇동생이 세 살일 때 할머니가 돌아가셨으니, 어린 동생들과 살아가기가 얼마나 힘이 들었을지 짐작이 간다. 아버지는 동네에서도 모범 농군으로 칭찬이 자자했다. 남의 일도 내 일처럼 열심히 해주셨기에 아버지는 여기저기 불려 다녔다. 가난을 이기기 위해 치열하게 살아서일까, 아버지는 말이 없고 무뚝뚝한 편이었다.

친정아버지는 서울의 치열한 삶과는 맞지 않는 사람

이었다. 가게를 운영하던 시절, 상가를 전체적으로 리모델링한다고 해서 몇 개월 동안 영업을 쉬어야 했던 적이 있었다. 나는 힘들게 살아온 아버지가 이런 기회에 조금이라도 쉬셨으면 했다. 하지만 친정아버지는 그 와중에도 쉬지 않고, 가방을 메고는 전자제품을 수리하러 다니셨다. 아버지는 정말 머슴같이 일만 하셨다.

아버지도 아기였을 때가 있었고, 사춘기도 있었을 것이다. 하지만 험난한 성장 과정에서 누구 한 사람도 친정아버지의 말을 들어주는 사람은 없었다. 방황하던 때 손을 잡아주고 곁을 지켜준 사람 또한 없었다. 혼자 견디며 모든 문제를 해결해 나가야 했다. 바람 부는 벌판에 홀로 서 있는 것 같은 외로운 삶이다. '삶은 견디는 것'이라는 말을 그의 삶으로 보여 주는 분이셨다.

친정아버지는 초등학교도 제대로 다니지 못하셨다. 자신은 배우지 못했다는 한 때문에 자식은 많이 가르쳐야 한다는 철칙이 있었다. 사람 노릇하며 살려면 무조건 많이 배워야 한다고 입버릇처럼 말씀하시고는 했다. 우리들을 서울로 이끌고 오신 것도, 자식들을 많이 가르치고 싶었던 아버지 소원 때문이었다. 내가 교통사고로 다리를 다친 이후로는 더 치열하게 사셨을 아버지. 나이가 들고 보니 아버지의 일생이 더욱 아프게 다가온다. 내가 험한 세상에서 상처받을까 봐 조심했을 친정아버지. 아버지는 한 번도 나를 혼내신 적이 없다. 내게는 다정하고 자상한 아버지였다.

친정아버지는 고생만 하시다가 노병으로 자리에 누워 계셨다. 우리 집에 오는 것을 좋아하셨던 아버지를 언젠가는 꼭 모시고 살고 싶었다. 돈을 버느라 바빠, 집으로 모시는 것을 차일피일 미루다가 아버지를 가시게 했다. 아버지는 마지막 삶을 요양원에서 보낼 수밖에 없었다.

유난히 추웠던 12월 마지막 주였다. 길이 얼어서 운전하기도 좋지 않은 날씨였다. 친정아버지가 보고 싶어서, 아버지가 계신 요양원으로 향하며 전화를 걸었다. 친정어머니는 날씨도 춥고 길도 미끄러우니 다음에 길이 좀 녹거든 오라며 한사코 오지 말라 하셨다. 미끄러운 길을 운전해 가는 것이 걱정됐던 친정어머니의 배려였다. 나는 당시 양평에 살고 있었다. 아버지가 계신 요양원까지는 두어 시간이 걸렸다. 어머니께 아버지의 안부를 물으니 그런대로 잘 계신다고 하셨다. 잘 계신다고 하니, 날도 춥고 길도 미끄러운데 눈이 녹으면 가기로 하고 슬그머니 집으로 다시 들어왔다.

잊어버리고 또 일주일을 보내는 공휴일 마지막 날 자정이 조금 넘었을 때였다. 동생이 울며 전화를 했다. 그 늦은 시간에 동생이 전화를 했다는 것은 무슨 일이 생겼다는 것이었다. 직감적으로 '일이 터졌구나' 싶었다. 가슴을 진정시키며 전화를 받아들었다. 동생은 말을 제대로 잇지 못했다. 그러다 친정아버지의 소천을 알렸다. 아버지가 그렇게 빨리, 나도 안 보고 가실 줄은 생각하지 못했다. 온몸에서 영혼이 떨어져 나가는 것 같은 통증을 느꼈다. 조금만 더 계시다가 내가 가거든 보고 가실 것이지 뭐가 그리 급하셔서 서둘러 가셨는지.

이후 1주년 기일에 가족들이 다 모여 이런저런 얘기를 하다가 아픈 이야기를 들었다. 친정 언니랑 동생들이 요양원에 계신 아버지를 뵈러 가서 "누가 제일 보고 싶으시냐?"고 물었을 때, 아버지는 둘째 딸이 제일 보고 싶다고 말하셨다 한다. 임종하시기 전 보고 싶다던 딸은, 가시는 아버지께 못난 얼굴을 보여 드리지 못했다. 그립다.

남기고 가시기에 가장 가슴 아팠을 자식인 나. 때때로 세상이 어지럽고 힘에 겨워 넘어질 것 같을 때 모든 삶의 무게를 잠잠히 지고 가셨던 친정아버지를 생각한다. 이 땅의 모든 아버지를 생각한다.

## 얌전한 치매

원래 잘 웃지 않으시던 시어머니는 말년에 들어서 날마다 함박웃음을 지으며 사셨다. 손녀딸이 어머니 등에 업혀 재롱을 피울 때 외에, 나는 어머니가 그토록 활짝 웃는 것을 보지 못했다. 아들이 우스운 얘기를 할 때도 잠깐 입가에 미소를 살짝 머금는 정도였다. 언제나 웃음인지 눈물인지 모를 미소로 당신의 삶을 대변하는 듯했다.

어머니는 치매로 2~3년 전부터 아기가 되어 있었다. 약간의 치매기가 오면서부터는 언제나 미소를 달고 사셨다. 그리고 아기처럼, 또 순한 양처럼 변하셨다. 보는 사람이 짠할 정도로 순해진 것이 눈에 띄었다. 다행히도 어머니는 얌전한 치매를 앓고 계셨다.

나중에 어머니는 대소변을 가리지 못하고 누워 계셨

다. 날마다 샤워를 시켜 드리고, 이불을 갈아 드려야 했다. 집에 있는 이불이란 이불은 다 꺼내고 세탁해야 하는 번거로움이 있었지만, 그래도 뽀송하게 마른 깨끗한 이불로 바꿔 드린다는 것이 참 좋았다. 원래 치매 증상이 없으실 때는 이불마저 아끼신다고 절대로 새것은 덮지 않으셨는데, 이렇게라도 새 이불을 덮어드리는 것이 좋았다.

어머니를 씻겨 드리는 일도 만만치는 않았다. 남편과 나 둘이 어머니를 부축해서, 목욕탕까지 1미터도 안 되는 그 짧은 거리를 가는 것도 쉽지 않았다. 다리에 힘이 없기 때문에 어머니를 번쩍 안아 목욕탕으로 모실 수가 없었다. 둘이 양쪽에서 어머니를 부축해야 겨우 목욕탕으로 들어가는데, 어느 날은 어머니가 한사코 들어가기 싫어하시며 몸에 힘을 주고 움직이려 하지 않으셨다. 냄새가 나니 씻어야 한다고 나와 남편이 달래며 목욕탕으로 이끌어도 들어가지 않으려고만 했다.

치매가 진행된 상태라 왜 씻어야 하는지 잘 모르시나 보다 했다. 할 수 없이 어머니의 팔을 억지로 끌고 겨우 목욕탕으로 들어갈 수 있었다. 그렇게 힘을 쓰고 나서 어머니를 씻기고 나면 탈진할 것 같았다. 그래도 새 옷을 갈아입혀 드리고 나면 얼굴이 곧 편안해지셨다. 당시에는 왜 그렇게 목욕탕에 들어가기 싫어하셨는지 이해하지 못했는데,

지나고 나서 생각해 보니 자신을 다른 곳으로 모시고 갈까 봐 무서워하셨던 게 아닐까 하는 생각이 든다.

하루는 일을 마치고 녹초가 되어 집에 들어와 나도 모르게 혼잣말로 다리 아프다는 소릴 했더니, 어머니가 나를 물끄러미 바라보시다가 당신이 이러고 있어서 미안하다고 하시는 게 아닌가. 잠깐 정신이 돌아오신 것이다. 놀라기도 했지만, 한 번도 표현을 않던 어머니였기에 뭉클한 무언가가 있었다.

치매라는 병이 꼭 나쁜 것만은 아니었다. 그 병이 어머니와 나 사이에 마음의 문을 터주기도 했다. 어머니는 미운 정, 고운 정을 다 주고 가셨다. 눈물을 잘 참던 남편은 입관하는 것을 보고서야 통곡을 했다. 그동안 남편이 실컷 울지도 못하고 참았던 것을 생각하니 많이 짠했다.

언제부턴가 삶이 답답하고 우울할 때면 어머니의 인생을 들여다보는 습관이 생겼다. 삶의 무게 중심이 온통 아들에게만 향해 있던 어머니. 정작 당신의 행복은 가져 보지 못한 어머니. 바른 것만 좇다가 쓰러질지언정 남 앞에서 굽히지 않았던 자존심. 나는 그런 어머니를 존경한다.

## 어머니께

먼 길을 떠나신 후에야 어머니가 혼자 걸었던 그 길을 더듬어 봅니다. 철없던 며느리가 어머니의 삶을 이해하고 공감했을 리가 없었지요. 무심히 흐르는 강물에도 눈물이 나고, 깊은 가을 낙엽만 봐도 눈물이 납니다. 그립다고 말하면 더욱 그리워지고, 보고 싶다 말을 하면 더욱 보고 싶어 집니다. 삶에 지쳐 송두리째 나를 내려놓고 싶을 때, 왜 그토록 어머니가 보고 싶은지….

어머니 닮은 제 삶의 무게는 왜 그리 무겁던지요. 어머니의 팔자를 닮고 싶지 않았었는데 그대로 닮아버린 제 삶의 무게를 애달파 하시던 그날을 기억합니다. 사람들의 관계가 애초에 정답기만 한 것은 아니지요. 그러나 저만은 어머니께 다정했어야 했습니다. 정답게 손잡아 드렸어야 했습니다. 어머니를 사랑하고 그 고된 여정을 안아드렸어야 했습니다. 못난 며느리를 이제는 용서하세요. 그곳에서는 부디 편안하세요.

그때는 젊은 나이에 홀로 되신 어머니의 삶이 얼마나 고달팠을지 짐작하지 못했습니다. 이제 와서 돌이킬 수도 없지만 돌이킨다 한들 제가 그때와 별반 다르지 않을 것을 압니다. 말대꾸도 하고, 어머니가 틀렸다며 대들기도 할 겁니다. 그래도 그리움을 덜어 버릴 수가 없습니다. 기대고 싶습니다.

어머니께 아프다는 소리를 한 번도 못 들었습니다. 쇠약해진 몸도 아팠을 것이고, 마음은 더욱 상했을 어머니. 혹시라도 우리에게 피해가 갈까봐 치매도 곱디곱게 앓으셨던 어머니. 어머니 약속 지킬게요. 어머니 가신 그 길을 똑같이 간다 해도 어머니처럼 마음 다잡고, 정신 똑바로 차리고 의연히 제가 가야 할 길을 가려 합니다. 언젠가 다시 만나는 그날에는 제 이름 모른다 하지 마세요. 아들 이름 손녀 이름은 기억하시면서 며느리인 제 이름 기억 못 하셨던 그 밤이 오늘 유난히 그리워집니다.

이름을 기억하지 못해 얼굴에 살짝 미안한 미소로 대신 하셨던 어머니. 새끼를 품은 어미 새의 몸짓을 어머니는 그대로 닮았습니다. 작은 날개로 우주를 품은 사랑, 그 어미 새가 어머니이십니다.

어머니 비록 이 땅에서 같이하지 못하지만 늘 어머니 곁에 있어요. 저희 절대로 넘어지지 않을 거예요. 앞만 보고 갈게요. 가끔은 바람도 맞고, 어떤 때는 모진 시련도 있겠죠. 겁나지 않아요. 어머니처럼 일어설 수 있으니까요. 사랑합니다. 오늘은 눈물 나게 그립네요. 어머니.

사랑합니다.

## 남편에게 못다 한 고백

이렇게 저렇게 돌아보아도 변하지 않는 것. 당신이 내 남편이라는 사실. 내가 죽을 때, 혹은 당신이 먼저 간다 해도 서로의 눈감는 순간을 끝까지 곁에서 지켜볼 유일한 사람. 참 세월 빠르다. 당신하고 만나서 산 지가 벌써 삼십 년이야.

우리 목숨과도 바꿀 수 없는 딸이 벌써 스물아홉 살이라는 게 믿기지 않아. 결혼 생활이 위태로웠던 적이 몇 번 있었어. 얼마나 많은 밤을 지새우며 '이대로 정말 함께 살 수 있을까' 생각했는지 몰라. 아마, 당신도 그랬겠지.

결혼 후 처음 맞는 겨울이었지. 어머니의 시샘 때문에 비닐 천막을 집 안팎으로 쳐 놓고 살았던 날들도 생생한데, 벌써 이렇게 세월이 흐른 걸 보면 내 나이가 실감나지 않

아. 비록 궁궐처럼 크지는 않았지만 어머니가 편히 살라며 사 주신 건물, 바가지를 썼어도 당시엔 너무 행복했어. 난 어머니만 생각하면 눈물이 나. 가신 지가 꽤 오래 됐는데도 아직도 아쉬움이 많아 슬퍼져. 그토록 당신을 사랑하던 어머니가 지금은 많이 그리워. 무엇보다도 착하고 예쁘게 자란 우리 딸을 보여 주지 못하는 것이 마음 아프고 아쉬워. 목숨 같은 아들이 낳은 딸이니 오죽하겠어? 어머니를 꼭 빼닮은 딸. 먹는 것이며, 참 예쁜 이마까지 닮은 손녀.

결혼식 날, 신혼여행 가던 차 안에서 감격해서 울던 당신 생각난다. 결혼이라는 게 무엇을 의미하는지 알지도 못하고 덜컥 뛰어들었으니, 나 참 서툴고 엉성했을 거야. 당신이 많이도 사랑해 줬는데.

나 다 알고 있어. 당신이 나와 딸을 얼마나 끔찍이 위하는지. 첫돌이 되기도 전에 딸이 걸으려고 했던 때 기억나? 뭔가를 잡고 일어서며 걷고 싶어 해서, 아기 발뒤꿈치를 뒤에서 잡고 앞으로 조금씩 밀어주니까 그 힘을 빌려서 막 걷던 거. 우리 둘이 엄청 기뻐했잖아. 그때의 감격은 지금도 생생해.

우리 험한 세월 참 잘 살아 냈어. 사업에 실패하고 행상을 하면서, 다시는 행상 때문에 이 길을 들어서는 일이 없도록 해달라고 기도했다고 했지. 당신도 마음이 많이 아팠을 거야. 당신은 차에서 행상을 나간 나를 기다리며 성경책을 읽고 있다가 내가 돌아오면 말씀들을 들려주었잖아. 그때 참 좋았어.

앞으로도 살아가야 할 날이 많지만, 반은 살아냈으니까 이제 반만 더 잘 견디면 되겠지? 많이 이해하지 못하고 힘들게 했던 것 미안하게 생각해. 나보다 당신이 더 힘들었을 거야. 우리 딸이, 아빠는 고아라고 당신에게 잘하라면서 나한테 뭐라고 한 적이 있어. 당신에게 잘하라고 말하는 딸을 보며 참 기특하다는 생각을 했어.

사람 좋아하고, 자기 주머니에 있는 것은 무엇이든 아끼지 않고 곁에 있는 사람에게 다 줘 버리는 성격 탓에 내가 좀 속상할 때도 있었어. 그래도 그런 당신이 좋았어. 둘 다 남에게 베푸는 것을 좋아하는데 참 많이도 어렵게 살았어. 전에 했던 말 생각나? 당신하고 나하고 주는 걸 너무 좋아하니까, 신이 좀 늦게 부자 만들어 주나 보다고.

그러는 동안 귀한 분들 만나서 좋은 것들도 많이 받았지만 때로는 사람들로부터 상처도 받았지. 그래도 나는 그런대로 빨리 이겨낼 수 있었는데, 당신은 많이 힘들어 했어. 그럴 때마다 당신이 무너질까 봐 겁이 나기도 했어. 나도 당신에게 의지하고 싶었거든. 남편으로서 내 등받이가 되어 주길 얼마나 간절히 바랐는지 몰라. 그래도 당신 마음이 부드러운 사람이라는 거, 심성이 착한 사람이라는 거 잘 알아. 강한 척하지만 본바탕이 여리고 착한 사람이라는 거. 다른 사람들은 모를지 몰라도 참 매력 있는 사람이야, 당신. 만약에 그런 매력도 없고, 누가 준다면 뭐든지 다 받는 사람이라면, 또 못 받아서 안달인 사람이었다면 실망했을지도 몰라.

내가 당신의 어머니를 좋아하던 사람은 아니라는 것을 당신도 잘 알잖아. 그런데 있잖아, 난 어머니가 참 존경받아 마땅한 분이라는 것도 알아. 그래서 많이 보고 싶어. 내가 힘들 때마다 어머니 납골당 가자고 하는 건데, 당신은 갔다 오면 한 달이 넘도록 가슴앓이를 하게 되니 가지 않는다고 했지. 그런데 생각해 봐, 어머니는 평생을 당신만 바라보고 사셨어. 그런데 잠깐 마음 아픈 걸 가지고 안 간다 하면 하늘에서 어머니가 서운해 하실 수 있어. 납골당에 간다고 해서 하늘에 계신 분이 내려오실 수 없다는 것도 잘 알고 있어. 물론 살아계셨을 때 잘 해드려야 되는 것을 모르는 바도 아니고. 그땐 너무 철이 없었던 것 같아. 그래서 미처 어머니의 인생을 들여다보지 못했어.

우리 이제 청춘 시작이야. 오십 대 후반이면 아직 환갑도 안됐잖아. 앞으로 남은 세월 정직하고 바르게, 많이 사랑하면서 살아보도록 하자. 하고 싶은 일도 하면서 살고.

그리고 제발 부탁인데 식사할 때 김치 하나만 꺼내 놓고 먹지 말아 줘. 내가 너무 미안하잖아. 달걀 프라이라도 해놓고 먹었으면 좋겠어. 내가 집에 있으면서 날마다 상을 차려주지도 못하는데, 혼자 밥 먹게 하는 것도 그렇고 김치 하나 꺼내 놓고 물 말아서 먹는 걸 보면 내 마음이 얼마나 아픈지 몰라. 당신을 위해서 잘 챙겨 먹으면 고마울 것 같아. 건강하게 살아야 우리 딸 결혼해서 아기 낳으면 예뻐도 해주고 사랑도 많이 해줄 수 있잖아. 우리 딸은 엄마 아빠가 없으면 안 돼. 우리 둘밖에 없잖아. 부디 건강해서 딸이 잘사는 모습 꼭 지켜봐야지. 아무것도 못 하는 딸 밑반찬 해주는 재미도 쏠쏠할 것 같아.

당신 만나서 눈물도 많이 흘렸고 아픔도 많이 겪었어. 하지만 나나 우리만 겪는 아픔은 아닐 거야. 다른 사람들도 나름대로 아픔을 견디며 산다는 것을 우리는 잘 알잖아. 남은 세월 힘내서 후회는 조금만 하고, 결핍은 많이 채워가며, 그렇게 다른 사람들 많이 사랑해 주면서 살았으면 해. 그리고 내가 더 많이 사랑해 주지 못해서 미안해. 이제부터는 열심히 사랑하며 살도록 할게. 우리 두 손잡고 지는 석양을 바라보는 그림을 그려 보자. 아름답잖아.

우리 천국에 가면 나 한 번만 업어줄 수 있어? 손도 한 번 잡고 걸어 보자. 한 번도 못 해본 것들 많네. 당신이 목발을 짚어서 할 수 없는 것들. 남들은 쉽게 할 수 있는 것을, 우리는 못 해본 것이 많아. 천국 가서 한번 해보고 싶어. 꼭.

그때 나 업어 줄 거지? 당신이 언젠가 말했잖아. 딱 한 번만 걸어 보고 싶다고. 그때 얼마나 마음이 아팠는지 몰라. 할 수만 있다면 꼭 로봇을 달아서라도 한번 걷게 해주고 싶어. 내가 약속한 것 잊지 마. 로봇을 달고라도 걸을 수 있는 시절이 오면 꼭 그렇게 해줄게. 꿈에 당신이 벌떡 일어나서 걸었다면서 이젠 소원 풀었다 했잖아. 실감이 났다고. 그래서 땅을 딛고 걷는 것이 이런 느낌이구나 했다고. 난 지금도 그 생각만 하면 눈물이 쏟아져.

당신은 노래 부를 때 가장 멋있어. 남은 날들도 늘 노래하듯 그렇게 행복하게 살기로 약속해. 고마워. 건강하게 곁에 있어 줘서 고맙고, 잘 인내하며 견뎌줘서 고맙고, 나 같은 까칠한 사람에게 길들어 줘서 고마워, 당신.

## 딸에게

우리 딸이 벌써 어른이 되었구나. 어둠의 길 끝에 있어도 엄마는 늘 네가 보인단다. 예쁘고 건강하게 자라 주어서 많이 고마워. 네게 죄를 지은 느낌으로 살던 그 세월들은 바람처럼 흘러갔고, 덕분에 마음이 한결 가벼워졌어.

어리숙한 엄마로서 보낸 세월이 수십 년, 엄마는 아직도 세상을 잘 몰라. 다만 엄마라는 이름을 상장처럼 간직하고 있다. 엄마가 받아도 될지 모르지만, 딸이 흠 없이 자라준 것만으로도 상을 다 받았어. 모든 엄마들이 그렇듯이 그 상은 마음속 깊이 간직할게. 그리고 이젠 안심할 만큼 어른이 된 딸이 있어 든든한 지원군을 얻은 것 같아.

오십 대 후반, 적지 않은 나이지만 엄마만의 이름을 찾고 싶어 생각을 바꿔보기로 했어. 비로소 엄마가 살아갈 세상이 보이기 시작했거든. 다시 출발선에 서 있는 엄마를 지켜봐 주길 바란다. 아팠던 엄마의 지난 세월은 다 잊기로 했어. 걸음마를 배우는 어린아이처럼 다시 시작할 거야. 회오리처럼 불어 닥친 삶이었지만, 이제 와 뒤돌아보니 잠잠해 보여.

태어나서 엄마라는 아름답고 숭고한 이름을 준 엄마 딸! 엄마 걱정은 하지 마. 엄마는 용감한 사람이잖아. 딸을 얻었는데 무서울 것이 있겠니? 천하를 다 주고도 바꾸지 못할 이름 엄마 딸, 사랑해. 장애인 엄마일지라도 험한 세상에서 우리 딸을 지켜낼 거야. 왠지 아니? 엄마는 강하고 힘센 사랑을 지니고 있거든. 이제 딸이 앞으로 나아가는 것을 지켜볼게.

엄마는 가족만 위하고 살면서 엄마가 송두리째 없어져도 괜찮다고 생각했었는데, 조금씩 엄마만의 삶을 다시 찾고 싶어졌어. 세상에 하나뿐인 엄마 이름을 찾고 싶어졌어. 우리 딸은 엄마를 누구보다도 이해해 줄 거라고 믿는다. 엄마가 홀가분하게 삶을 다시 시작한다 해도 딸은 엄마 응원해 줄 수 있지?

이제 엄마 삶을 다시 만들며 나아가려 해. 엄마는 글을 쓸 것이고 세상을 천천히 다시 읽어볼 거야. 하루하루 소중하게, 세상과 손잡고 살아가려고 해. 세상이 엄마를 아무렇게나 팽개쳐 놓고 달아났다고 생각했는데, 엄마를 이만큼 데리고 왔더구나. 비로소 보이기 시작하는 세상이 아름답다.

딸아, 엄마 믿어지니? 가다가 넘어져서 일어나기 힘들어질까 봐 겁이 날 때도 있어. 그런데 말이야, 딸. 넘어지지 않고 곧장 가서 얻는 것보다, 넘어지고 상처 나며 얻는 것이 더 많다는 것을 엄마는 알고 있어. 그래도 너무 걱정은 하지 마. 지금까지 그래왔던 것처럼 용감하게 세상과 더불어 걸어갈 거니까.

사랑하는 딸, 엄마는 언제나 네 곁에 있어. 부르면 언제든 대답할 수 있는 곳에서 응원할게. 너의 앞길은 활짝 열려 있어. 때로는 넘어질 수도 있겠지. 하지만 다시 일어나 걸으면 돼. 자갈밭이 나오면 나오는 대로, 그 거친 땅도 밟아 가면서 고른 너만의 세상을 만들어 가는 사람이 되기를 바란다. 엄마는 늘 네가 손을 뻗으면 닿을 곳에 있어. 그러니 너 자신을 믿고 멋지게 살아봐.

어둠이 내리면 어둠 속에서 아침을 기다릴 것이고, 바람이 불면 바람도 잠잠히 안아 주려 해. 바람을 싫어하며 밀어내려고만 했던 지난날의 억지보다, 바람이 잦아들 때까지 엄마를 내려놓는 자연법도 따라 보려 해.

세상이 혼탁하다고 말들 하지만 살아 보니 아름답더

구나. 앞만 보고 달려온 삶이 누구에게라도 아픔을 줬다면 용서를 구하고 싶어. 처음으로 돌아가 시작하는 엄마의 삶이 움켜쥐는 것이 아니라 손 내밀어 주는 따스함이기를 응원해다오.

## 장애를 가진 엄마로 살아가기

엄마라는 이름으로 살아온 지 28년이다. 나 자신이 주체가 되어 내 삶을 살기 시작한 것은 엄마가 되고부터였다. 이전에는 흘러가는 대로 세월에 맡기며 살았다. 존재의 의미를 찾은 것도 28년인 셈이다. 나에게는 엄마로 살아간다는 것이 인생에서 최고로 감사한 일이다.

자신을 버릴지언정 자식을 버릴 수 있는 엄마가 있을까? 정말 어쩔 수 없는 상황, 피눈물 나는 사연이 없는 한 엄마는 언제나 자식의 곁을 지키며 그 자리에 서 있다. 자식이 찾을 때 따뜻한 손을 내밀어줄 수 있도록, 같은 자리에서 서성인다. 나도 마찬가지다. 모든 엄마들이 느꼈을 환희, 자식이 "엄마!"라고 부르는 순간 나도 그 환희를 느꼈다. 아장아장 걷던 모습이 아직도 눈에 선한데 딸이 벌써 20대

후반이다. 덧없이 흘러간 세월이 야속하다가도, 딸이 별 탈 없이 자라 준 것을 생각하면 꿈만 같다.

한편으로는 부모가 겪어야 할 모든 것을 아이도 같이 겪게 해서 미안하다. 좋은 부모 만나서 살았더라면 겪지 않았어도 되는 숱한 고난들, 많은 아픔들을 고스란히 같이 겪어 왔다. 언어의 한계를 이럴 때 느낀다. 사랑한다는 말로는 다 품지 못하는 자식에 대한 부모의 마음. 어디 밖에 나가서 서러운 일은 당하지 않는지, 밥은 제대로 먹고 다니는지, 돈 아낀다고 편의점 음식으로 끼니를 때우지는 않는지.

딸이 대학 다닐 때의 일이다. 아이와 다투었던 것 같다. 화가 나서 나도 모르게 팔을 한 대 탁 때렸다. 울며 나간 딸에게서 한참 뒤에 문자가 왔다. 책상 서랍 안에 엄마에게 써놓은 편지가 있다고 했다. 혼나고 바로 나갔기 때문에 편지 쓸 시간은 안 되었는데, 엄마에게 주려고 미리 써 놓았던 편지를 혼나느라 주지 못하고, 나가고 나서야 보라고 한 것이었다. 딸아이가 아무리 자식이지만 민망하고 부끄러웠다. 편지에는 구구절절 엄마가 고생하는 것에 대해, 엄마가 본인에게 얼마나 많은 사랑과 정성을 쏟았는지에 대해 적혀 있었다. 딸아이가 원하는 것이라면 무엇이든 아끼지 않고 다 해 준 것도 적혀 있었다. 편지는 엄마가 준 사랑과 은혜를 잊지 않겠다는 내용으로 가득했다. 자기가 아기였을 때 먹이고 입히고 사랑으로 키워준 것처럼, 부모님이 늙어 아무것도 할 수 없을 때 다 해 줄 것이니 걱정하지 말라는 내용이었다. 부모님이 행복하기를 간절히 바란다는 내용이었다. 눈물이 샘물 터지듯 줄줄 흘렀다. 읽다가 시야가 흐려 제대로 읽지 못했다. 감동이었다.

양평에 살던 겨울이었다. 겨울이면 눈이 잘 녹지 않아, 미끄러운 곳을 운전하며 다녀야 했다. 운전 경력이 있어 다행히 사고 없이 다녔다. 눈이 많이 쌓인 어느 날, 학교 기숙사에 살던 딸아이에게서 전화가 왔다. 엄마 혹시 운전하느냐면서 운전 잘하고 다니는지 궁금하고 걱정이 돼서 전화를 했다고 했다. 걱정하지 말라며 안심을 시켰음에도, 딸아이는 눈이 오는데 왜 운전을 하고 다니느냐며 이내 울음을 터뜨렸다. 순간 멈칫했다. 아이는 떨어져 있고 곁에 없으니 엄마 아빠가 더 걱정이 된다고, 특히 부모님이 운전하는 것이 걱정돼서 겨울만 되면 머리가 다 아프다는 것이었다.

순간 장애인으로서 딸에게 미안한 엄마로 살아간다는 것이 고통스러웠다. 대부분의 다른 아이들도 눈이 오면 부모님이 운전하는 것에 대해 걱정할 것이다. 그러나 우리 딸아이는 다른 아이들보다 더 걱정했을 것이다. 가슴이 메어 왔다. 평소 얼마나 부모 걱정을 했으면 머리가 다 아프다는 것인지 마음이 무거웠다. 장애인 부모가 운전하는 것에 대해 스트레스를 받고 있다고 생각을 하니, 어떡해야 딸의 마음이 조금이라도 편해질까 고민이 되었다. 괜찮으니 걱정하지 않아도 된다고 하는데도 딸의 걱정은 막무가내였다. 안전장치는 잘하고 다니는지 묻고 또 물었다. 엄마 아빠는 장애인이라, 하나님이 더 이상 사고 같은 것은 일어나지 않게 지켜줄 것이라는 말을 하고 나서야 딸아이는 안심이 됐는지 전화를 끊었다.

장애인 엄마가 걱정이 돼서 울던 딸. 왜 하필 이 어미에게 와서 아파야 하는지 모르겠다. 그러나 당당하게 일어서는 엄마로 살아간다면 아픔이 좀 감해질지 모를 일이다.

## 너를 안고 죽으련다

어렸을 적에는 엄마, 아버지의 다툼이 잦았었다. 당시에는 어린 나이라 무슨 내용으로 다투시는지 몰랐다. 다투실 때마다 우리 오남매는 불안에 떨었다. 특히 엄마는 늘 싸우고 나면 죽는다며 나가 버리셨고, 아버지는 그 엄마를 찾으러 이리저리 뛰어다니셨다. 우리 남매들도 울며 엄마를 찾으러 다녔다.

추운 겨울인 것으로 기억한다. 엄마 아버지가 또 심하게 다투셨다. 엄마는 싸우다 집을 나가 동네 어귀의 방죽(저수지 같은 곳)으로 달려갔다. 동네 분이 방죽을 지나다가 엄마가 돌멩이로 얼음을 깨는 것을 봤다고 빨리 가보라 했다. 아버지는 부리나케 달려가 엄마를 데리고 들어왔다. 울며 방으로 들어간 엄마는 나를 안고 또 울기 시작했다. 어린 나이였던 나는 부모님의 싸움이 싫은 것보다도 엄마가 말하는 '죽음'이 너무 두려워서 "엄마 죽지 마" 하며 품에 안겨 울었다. 어렸을 때부터 나는 엄마가 없어질까 봐 늘 조바심쳤다. 그래서 유난히 엄마 치맛자락을 잡고 따라다녔다.

어른이 되고 나서 "그때, 우리 어렸을 적에, 동네 어귀 방죽으로 죽는다고 갔는데 기억나?"라고 했더니 엄마는 생생하게 기억하고 있었다. 왜 그랬냐고 물었다. 엄마는 눈시울이 붉어지며 말하기 시작했다. 아버지가 내 다리만 보면 "원수 같은 이 씨 집안 때문에 내 딸이 다리를 잃었다"며 엄마를 힘들게 했다고 한다. 엄마 동생인 외삼촌을 배웅하러 따라 나가다 교통사고를 당한 것을 두고두고 원망했던 것이다. 아버지는 나를 볼 때마다 속이 상하면 엄마와 엄마의 집안까지 싸잡아 화풀이를 하셨다.

그때 엄마는 나를 안고 죽으려고 나섰는데 나를 보니 너무 어려서, 어린 것이 무슨 죄가 있어서 같이 죽나 싶었단다. 그래서 나를 다시 놔두고 죽으러 갔지만, 다리도 한쪽밖에 없는 자식을 두고 죽기가 하도 기가 막혀 아버지가 말리러 온 것을 못이기는 척하고 다시 따라 들어 왔다고 했다.

자식의 한쪽 다리 없는 것을 볼 때마다 아렸을 엄마, 아버지를 생각하니 가슴이 미어진다. 부모가 되고 나서야 알아버린 부모의 마음은 말로 표현하기가 쉽지 않다. 몇 번이고 나를 안고 죽으려 했던 엄마의 그 마음, 그 애틋함 내가 다 알고 있으니 이제 그 죄책감에서 그만 벗어나시기를 간절히 바란다.

# 삼촌에게

어리기만 하던 양숙이가 이제 60이네. 바람처럼 날아간 세월이 다시는 돌이키지 못할 먼 곳으로 가버린 느낌이야. 그대로 다시 오지 않겠지.

내 나이 여섯 살, 아주 작은 조카였겠지? 귀엽기도 했을 것이고……. 유난히도 조카들을 예뻐했던 삼촌의 손길, 그 말투가 아직도 생각나. 추운 겨울 군부대로 돌아가던 발길이 무겁기만 했을 텐데 그 어지러운 마음에도 군밤 꾸러미를 사주던 따스함이 내 가슴에 남아 있어.

그리고 며칠 안 되어서 다시 돌아온 삼촌은 먼 길을 떠났지. 군밤만 보면 삼촌 생각이 나서 어른이 될 때까지 난 군밤을 먹지 못했어. 가여운 어린 삼촌, 혼자 가는 길이 얼마나 무섭고 외로웠을지 그날이 갑자기 생각이 나서 많이 울었어. 나는 왜 이리도 팔자가 드세기만 할까. 무엇이 나이 어린 삼촌의 삶을 송두리째 앗아갔을까. 죄책감이 나를 늘 짓누르고 있었어.

그날 말이야. 나를 마지막 보러 왔던 날, 지금도 꿈인지 생시인지 분간하지 못할 만큼 갑작스런 순간이었어. 난 삼촌이 건네준 선물에 마음을 빼앗겨 삼촌의 마지막 인사에는 관심이 없었어. 어리기만 한 내가 삼촌의 가는 길의 마지막 사람이었다니 믿어지지 않아. 나는 이제 세상이 두렵거나 앞날의 공포에 시달리지 않아. 왠지 알아? 세상이 나를 이만큼 데려왔고, 삶이 나를 이만큼 키워 줬기 때문이야. 삼촌도 한 몫을 해 준거지. 다리 하나 없는 것이 나에게 무슨 큰일이라고…….

하지만 삼촌이 먼 길 혼자 가버렸다는 배신감은 나를 힘들게 했었어. 사춘기 때였지. 야자시간인 것 같아. 갑자기 까만 밤하늘에 반짝이는 별들이 내게 말을 걸어왔어. 귀 기울여봤지. 삼촌의 속삼임이 빛으로 쏟아지는 듯 했어. 나는 왜 그때 그 시간에 삼촌 기억이 났는지, 그리고 별들이 빛으로 말을 걸어왔을 때 왜 삼촌 목소리로 들렸는지 모르겠어.

"양숙아 잘하고 있지?"

"삼촌이 없어도 울지 않고 잘 살 수 있지?"

그런데 말이야. 하기 싫은 공부를 안 할 수 있는 나만의 핑곗거리를 가지고 있었지.

"삼촌, 난 이미 불행해. 그러니 공부는 하기 싫어. 공부 안 해도 세상이 나를 이해해 줘야 되는 거 아냐?"

하며 세상을 향해 반항을 할 수 있었지.

지금 보면, 내 딸이 서른이어도 어리게만 느껴지는데 삼촌은 그 때 나이 겨우 스무 살 초반이었잖아. 그렇게 생각하니 안쓰러움이 더 컸어. 이후 나는 삼촌이 마지막 목을 매어버린 그곳 금마산으로는 고개도 돌리기 싫었어.

내가 지금 치열하게 사는 이유는 삼촌의 몫까지 살아내야 한다는 사명감 때문이기도 해. 지켜봐 줘. 난 잘 살아낼 거야. 살아 보니 고난은 이겨 내는 것이 아니더라고. 견디는 것이고, 견디다 보니 즐기기까지 되더라고.

어떤 날들이 내 앞에 펼쳐진다 해도 두렵지 않아. 삼촌이 혼자서 가며 느꼈을 공포와 두려움 그리고 혹독한 외로움보다는 나을 테니.

삼촌 안녕.

# 에필로그

아무것도 모르는 철부지가 세상 밖을 볼 때는 두려움이란 단어조차 몰랐다. 키가 점점 커가면서 세상 밖의 시선들이 두렵기 시작했다. 더욱 마음이 커지면서부터는 세상으로 나가는 빗장을 철커덕 잠그고 내 안에 꽁꽁 숨어 있었다. 아무도 모르는 나만의 마음 세상은 어둡고 칙칙했다.

그러나 어느새 어른이 되어 버렸고 빗장을 걸어버린 세상에서는 보이는 것이 아무것도 없었다.

이래서는 안 되는데…….

비로소 보이기 시작하는 세상과 맞서야겠다는 생각으로 용감해지기로 마음먹었던 것 같다. 용감해지기로 결심을 하고 나니 넘어야 할 산이 너무 높고 골짜기는 깊었다.

가다 넘어지고 쓰러지고 꼬꾸라져도 가야 할 길이 눈앞에 보이는데 포기할 수는 없었다. 캄캄한 터널을 지나야만 환한 빛을 볼 수 있는 숙제를 하고 또 하고 터널이 나올 때마다 담담히 지나기로 했다. 누구나 혼자 가야 하는 인생길, 무엇이든 있는 대로 보고 받아들이고 가던 길을 가려 한다.

모든 것을 다 털어내고 보니 부끄럽기 짝이 없는 길이었지만 그 길에 때로 작은 들꽃들도 보이고 살랑거리는 바람도 불었다.

힘에 겨워 주저앉아 버리고 싶을 때 생각하는 것이 하나 있다. 나를 있게 한 신이 가지 못할 길을 펼쳐 놓고 가라 하지는 않을 거란 신념. 그것을 생각하면 못할 것이 없다는 생각이 든다. 가리라. 쉬고 싶을 때는 쉴 것이고 달려야 할 때는 절뚝이는 걸음이지만 달려갈 것이다. 다름을 인정해 버리고 같음을 찾아내면 그리 외롭지도 그리 고통스럽지도 않을 것이다. 각자의 길을 묵묵히 가다 보면 서로 만나는 지점이 있기도 하겠지.

눈을 들어 하늘의 별도 세어 보자.

작은 길에 피어 있는 들꽃도 발견해 주며 사랑하나 보면 어느새 내 길에 다다랐을 것을 짐작해 본다.

글을 쓰도록 배려해 주신 세상 모든 분들께 감사드리며.

## 추천 글

그녀는 죽음 같은 삶을 살아냈다.
그러나 한 번도 무너지지 않았다.
무너지지 않은 것이 아니고 무너질 수가 없었다.
목숨 같이 지켜야 할 가족이 있었기 때문이다.

가야 할 길이 멀다 해도 가야만 한다는 그녀,
누구나 꿈을 꿀 수는 있겠지만
적지 않은 나이에 다시 꿈을 향해 달려가기는 쉽지 않을 것이다.

그러나 그녀는 달려가고 있다.
치열하게 살아온 그녀의 삶은 아직도 푸르다.
그녀를 다시 한번 응원해 주기를 바란다.

(주)한솔교육 대표이사 변재용

# 마음을 삽니다


| | |
|---|---|
| **초판 1쇄 인쇄** | 2022년 2월 25일 |
| **초판 1쇄 발행** | 2022년 3월 3일 |

| | |
|---|---|
| **지은이** | 장양숙 |
| **펴낸이** | 최익성 |
| **출판총괄** | 송준기 |
| **책임편집** | 권정현 |
| **편집** | 윤소연, 양지원 |
| **마케팅 총괄** | 임동건 |
| **마케팅** | 이혜연, 김미나, 이현아, 안보라, 한우리, 브루스 |
| **경영지원** | 이순미 |
| **펴낸곳** | 파지트 |
| **디자인** | 롬디 |
| **일러스트** | 아레아레아 |
| **제작지원** | 플랜비디자인 |

| | | | |
|---|---|---|---|
| **출판등록** | 2021-000049호 | | |
| **주소** | 경기도 화성시 동탄원천로 354-28 | | |
| **전화** | 031-8050-0508 | **팩스** | 02-2179-8994 |
| **이메일** | pazit.book@gmail.com | **페이스북** | @pazitbook |

**ISBN** 979-11-976316-7-2 03810




The story_Fills you